KB121447

_____ 에게

당신에게 따뜻한 사랑이
가득하길 바랍니다.

그 사랑으로 일상의 삶이
눈이 부시도록 아름답기를…

_____ 드림

따뜻한 사람이 많기에 …

따뜻한 사람이 많기에…

초판 1쇄 발행 2019년 9월 10일
초판 3쇄 발행 2024년 1월 15일

지은이 | 존 맥도널드
편 역 | 김은주
펴낸이 | 이현순

펴낸곳 | 백만문화사
출판신고 | 2001년 10월 5일 제 2013-000126
주소 | 서울시 마포구 토정로 214(신수동 388-2)
Tel | 02)-325-5176 Fax | 02)-323-7633
전자우편 | bmbooks@naver.com
홈페이지 | http://www.bm-books.com

ISBN 979-11-89272-15-5 (03810)
값 13,800원

따뜻한 사람이 많기에…

존 맥도널드 / 김은주 편역

백만문화사

오늘날 삶이 힘들어지면서 마음은 점점 팍팍해지고 사회는 정이 점점 메말라 가고 있다. 어느 곳에서도 위로와 힘이 되는 이야기를 들을 수 없다. 그리하여 많은 사람들은 메마른 사회를 개탄하면서 살아가고 있다. 이럴 때 우리에게 진정으로 위로가 되고 험난한 세상을 살아갈 수 있는 용기를 주는 그 무엇이 필요할 때다. 그래야만 그래도 세상을 살 만한 가치가 있다는 것을 느끼고 더욱더 힘차게 열심히 살 수 있을 것이다.

 여기에 소개하는 이야기들은 우리 주위에서, 바다 건너 멀리서, 그리고 우리가 숨 쉬고 살아가고 있는 이 지구상 어디에서 실제로 일어난 일들이며, 어제 또는 그렇게 멀지 않은 시기인 현대에서 일어난 이야기들이다. 한마디로 말해 실화이다. 이 이야기들은 세월이 지나면서 잊혀지거나 숨겨져 왔던 아름다운 이야기들이다. 가슴 뭉클한 이야기들 속에는 사람들의 이야기가 들어 있다. 사랑, 용서, 은혜, 보은, 애정, 성실 등 우리들을 둘러싼 세상을 살아가는 데에 가장 소중한 모든 것들에 관한 것들이 들어 있다.

 이 책속에 들어 있는 이야기들은 잔잔하면서도 은은하게 파고드는 들꽃 향기처럼, 때로는 풍당 하고 돌은 물속에 가라앉지만 수면 위로 퍼지는 물결처럼 우리들의 가슴을 적셔주는 이야기이다. 이 아름다운 이야기는 우리에게 새로운 자극으로 다가와 우리로 하여금 용기와 의욕을 불러일으키게 하며, 사회를 밝게 해주며, 세상을 따뜻하게 만들어 줄 것이다.

 또한 우리와 함께 험한 세상을 살아가는 이들의 감동적인 이야기를 통해서 우리의 마음이 한결 부드러워지는 것은 물론 우리 인생에서 무엇이 가장 소중한 것인가를 잔잔한 감동과 함께 전해준다. 그리하여 헛된 것을 쫓다가 그렇게 길지도 않은 삶을 허비하지 않도록 우리를 바로 인도하며, 주위 사람들을 향해 마음의 문을 열도록 한다.

 이 책은 그런 이야기들로만 나열한 것이 아니라 이야기마다 담겨 있는 주제들을 독자들이 좀더 강하게 느끼고 깨닫도록 하기 위해서 역자 나름대로 풀이를 덧붙였다.

 이 글이 많은 사람들에게 읽혀서 힘들게 살아가는 사람들에게 위로와 용기가 되고, 험난한 세상을 살아갈 수 있도록 지탱해주는 버팀목이 되었으면 하는 바람이 크다.

Contents

프롤로그

Part 1

사랑은 절망을 희망으로 바꾼다

사랑은 인간의 본성이다

미국 뉴욕에서 일어난 일이다. 60대 한 노인이 지팡이를 짚고 횡단보도를 건너가다가 그만 쓰러졌다. 그 노인은 수술을 받고 2개월 동안 병실에 입원했다가 며칠 전에 퇴원하였다. 오늘 우체국에 볼일이 있어 가는 길에 긴 횡단보도를 건너다가 그만 길바닥에 쓰러지고 말았던 것이다.

그의 행동이 마치 대낮에 술을 먹고 취하여 비틀거리는 취객처럼 보였는지 주위 사람들 중 어느 누구도 쳐다보지도 않았다. 쓰러진 채 지팡이와 안경을 찾으려고 주위를 더듬거렸으나 어디에 있는지 좀처럼 손에 잡히지 않았다.

이때 10대로 보이는 한 젊은이가 쓰러져 있는 할아버지를 보고 말했다.

" 할아버지, 잠깐만 기다리세요."

10대의 젊은이는 타고 가던 자전거를 길가에 세워놓고 쓰러져 있는 노인에게로 달려갔다. 그 젊은이는 노인을 간신히 일으켜 세운 다음 그 작은 몸으로 노인을 업고서 횡단보도를 건넜다.

그러는 사이에 횡단보도 신호가 청색에서 적색으로 바뀌고 있었다. 그런데 신호가 떨어지기를 기다리던 자동차들은 이들이 다 건너갈 때까지 움직이지 않고 기다리고 있었다.

젊은이는 할아버지를 업고 가면서도 그런 자동차 운전사들에게 고맙다는 인사를 했다. 그 모습을 보고 자동차 운전자들은 모두 창밖으로 손을 내밀어 흔들어 주는가 하면 박수를 쳐주는 기사분도 있었다.

" 할아버지! 조심하세요."

할아버지를 업고 횡단보도를 다 건너서 할아버지를 조심스럽게 내려놓은 젊은이는 이렇게 인사를 한 다음 자전거를 타고 쏜살같이 사라졌다. 그때서야 정신이 든 노인은 젊은이의 뒷모습을 바라보면서 "고맙네! 고맙네!" 하고 몇 번씩이나 소리쳤다.

필요한 일 옳은 일 그리고 가치 있는 일을 하라. 눈에 보이지 않는 사소한 행동이나 말은 사랑이란 작은 나무의 열매이다. 그것은 나중에 크게 자라서 그 가지로 이 세상의 모든 것을 덮게 할 것이다. 톨스토이의 말이다.

사랑은 적과도 화해한다

　　제2차 대전이 막바지에 이른 어느 크리스마스이브에 일어난 일이다. 도저히 상상할 수 없는 일이 일어난 것이다. 전투에서 서로 죽이지 않으면 안 되는 적들과의 사이에서 한 부인의 사랑과 기지로 도저히 일어날 수 없는 일이 일어난 것이다.

　　독일과 벨기에 국경 사이에 있는 어느 마을에서 한 가족이 자신들이 살던 마을이 연합군의 폭격에 의해 파괴되자 이곳 산속으로 왔다.

　　크리스마스이브를 며칠 앞두고 그 마을 부근에서도 독일군과 연합군 사이에 치열한 전투가 벌어지고 있었다. 공중에서는 비행기 소리가 요란하게 울렸고, 지상에서는 포 소리가 숲을 온통 뒤흔들고 있었다.

　　그날 밤 모든 가족들은 저녁을 먹고 잠자리에 들어가려던 순간

문을 노크하는 소리가 들렸다. 모두들 긴장해서 잠자리에 들어가지 않고 거실로 모였다.

부인은 촛불을 끄고 문을 열었다. 문밖에는 철모를 쓴 낯선 군인 둘이서 한 병사를 업고 있었다. 그들은 미군 병사들로 전쟁 중에 부상을 입은 동료를 업고 온 것이다. 가족들은 모두 적군이 나타났다는 공포에 질려서 부들부들 떨면서 그 병사들을 바라보고 있었다.

그 병사들은 부인에게 잠시 숨겨줄 것을 간청했다. 부인이 들어오라고 말하자 병사들은 부상당한 병사를 업고 거실로 들어왔다. 그들은 전쟁중에 낙오되어 독일군을 피해 이리저리 돌아다니다가 이곳까지 오게 된 것이다.

그 부인은 아이들에게 말했다.

"가서 감자도 몇 개 가져오고 먹다 남은 닭고기도 가져오너라."

그리하여 군인들이 식사를 막 하려는 순간 또다시 노크 소리가 났다. 부인은 '또 길을 잃은 미군들이겠지.' 하는 생각에 문을 열었다.

"앗 독일군이다!"

가족들은 독일 군인들을 보고 겁에 질려서 '이제 죽었구나.' 하는 두려움에 사색이 되어 숨도 쉬지 못하고 죽은 듯이 꼼짝 않고 있었다.

그 때 부인은 침착하게 그들에게 다가가 독일말로 "즐거운 크리스마스!" 하고 웃으면서 말하자 독일 병사들도 "즐거운 크리스마스!" 하고 응답했다.

"우리는 부대를 잃었습니다. 날이 밝을 때까지 이 집에서 머물게 해주십시오."

"물론입니다. 그런데 우리 집에 또 다른 손님들이 와 있습니다. 오늘은 크리스마스이브이니 서로 총질하시면 안 됩니다."

"안에 누가 있습니까?"

"미군 병사들이 총에 맞은 병사와 함께 와 있습니다. 여러분 모두 내 아들과 같습니다. 총을 맞은 소년 병사는 죽음과 지금 싸우고 있어요. 오늘밤만은 사람을 죽이는 일을 잊어버리고 함께 식사를 합시다."

독일 병사들은 거실에 들어와서 식탁에 앉았다.

그러자 부인은 병사들에게 부드러운 목소리로 다시 말했다.

"무기는 저 장작 위에 놓으세요. 다른 사람들이 다 먹기 전에 어서 들어요."

독일 병사들은 부인의 말에 고분고분 문 옆에 있는 장작더미 위에 총을 놓고 식탁에 앉았다. 부인은 미군 병사들에게 자리를 정해 주자 미군 병사들도 자리에 앉았다.

한동안 침묵이 흘렀고, 긴장감이 돌았으나 식사가 나오자 긴장이 풀어지면서 서로에 대한 경계심이 사라졌다.

부인은 기도를 했다.

"주님! 오늘 저녁 우리 집에 오셔서 손님이 되게 하소서!"

기도를 마치자 군인들은 모두 식사를 했다. 독일 군인들은 며칠 동안 굶은 처지라 갖다 준 음식을 순식간에 먹어치웠다.

그리고 식사를 마치자 그들은 각자 자기 위치로 돌아갔다. 부인은 총상을 입은 소년 병사를 극진히 간호하였다.

아침이 되자 부인은 튼튼한 나뭇가지 두 개를 가지고 와서 식탁보를 뜯어서 부상병을 위한 들것을 만들어 주었다. 헤어질 시간이 되자 독일 병사들은 지도를 펴놓고 미군 병사에게 부대를 찾아가는 길을 안내하였다. 그리고 자신들의 부대들뿐만 아니라 독일 군인들이 배치되어 있는 지역을 알려 주면서 그곳을 피해서 가라고 일러주기까지 하였다. 그 순간 그들은 서로 죽여야 하는 적이 아니라 상대의 어려움을 도와주는 따뜻한 한 인간이 된 것이다.

독일 군인과 미군 병사들은 악수를 나누면서 헤어졌다. 부인은 그들 병사들에게 말했다.

"모두들 조심하세요. 그리고 하루 속히 건강한 몸으로 집으로 돌아갈 수 있도록 기도하겠습니다."

독일군과 미군들은 서로 반대 방향으로 떠났다. 부인은 그들이 숲속으로 사라질 때까지 문밖에서 배웅했다.

사랑은 이렇게 전투 중에도 비록 짧은 순간이지만 서로 이해하고 포용하게 만든다. 상대를 죽이지 않으면 자신이 죽어야 하는 살벌한 전쟁 중에서도 사랑은 꽃을 피운다. 그리고 그 사랑은 굉장한 힘을 가지고 있다. 사랑은 적이라도 같은 인간임을 이해하고 때로는 포용하게 한다.

사랑의 눈

할아버지 두 분이 공원의 의자에 앉아 한가하게 이야기를 나누고 있었다. 한 할아버지는 지팡이 같은 것을 의지하지 않고 걸어다닐 정도로 건강하지만 그 앞에 앉아 있는 할아버지는 몸이 불편하여 휠체어에 의지하고 있었다.

"그래도 당신은 건강하니 좋겠습니다. 나는 몸도 마음대로 움직일 수가 없는데다가 이제는 눈도 좋지 않아 잘 보이지 않는답니다."

바로 그 때 공원 의자 앞에 있는 수도꼭지 밑에 깔아놓은 대리석 바닥을 기어가는 개미를 발견한 할아버지는 하던 말을 멈추고 개미를 바라보고 있었다.

"저기, 개미 한 마리가 기어가고 있어요. 그런데 대리석 바닥이 너무 미끄러워 잘 움직이지 못하고 있어요. 나는 몸이 불편해서 그러니 저 개미를 도와주세요."

　몸이 불편한 할아버지로부터 부탁을 받은 할아버지는 미소를 지으며 자리에서 일어나 조심스럽게 개미를 잡아 햇살 가득한 풀밭 위로 옮겨 주었다. 그리고는 다시 와서 휠체어에 앉아 있는 할아버지를 향해서 말했다.

　"하라는 대로 했어요. 그런데 당신의 눈은 노안이 되었지만, 내 눈보다 밝군요. 살아 있는 작은 생명체가 허덕거리는 것을 볼 줄 아는 사랑의 눈을 가졌습니다."

　인간은 누구나 사랑의 눈으로 사람이나 동물을 볼 때만 새로운 것을 발견할 수 있다. 사랑의 눈은 남의 약점을 보지 않고 장점을 보며, 인간은 지위나 처지와 상관없이 한 인격체로 보고 인간답게 대접할 줄 안다.

참 사랑을 아는 사람

영국의 문호 찰스 램의 젊은 시절에 일어난 일이다. 찰스 램은 젊었을 때 깊이 사랑하는 여인이 있었다. 하루는 그가 연인에게 정식으로 청혼을 하려고 그녀의 집으로 갔다. 그는 연인이 자기의 청혼을 받아주리라 굳게 믿고 있었으며, 거절하리라고는 조금도 의심하지 않았다.

그런데 그 집에 도착하여 문을 두드렸으나 연인은 나오지 않고 그 대신 하인이 나와서 "아가씨는 당신을 만나지 않겠다고 합니다."라고 말하고는 문을 닫고 집안으로 들어가 버렸다.

찰스 램은 푸른 하늘에 날벼락을 맞은 것 같은 기분이 들어서 한참 동안 서 있다가 집으로 돌아와서 그 여인에게 갑자기 왜 만나주지 않는지 그 이유에 대해서 편지를 썼다.

그리고 얼마 후 답장이 왔다. 답장에는 이렇게 씌어 있었다.

"나는 당신이 오는 것을 기다리며 창문을 열고 밖을 내다보고 있었습니다. 그 때 당신이 우리 집으로 향하여 빠른걸음으로 오는 모습이 보였습니다. 그런데 당신이 얼마나 급했던지 오는 도중에 걸인 여자와 부딪쳐서 그 여자가 쓰러졌는데, 당신은 미안하다는 말 한마디 하지 않고 오는 것이었습니다. 그 광경을 보고 저는 깊이 생각했습니다. 그리고 결정을 했습니다. 약한 사람을 배려하고 친절을 베풀 줄 모르는 사람과는 절대로 결혼하지 않겠다고."

찰스 램은 한 번의 실수로 사랑하던 여인을 잃어버렸다. 그러나 그때 사랑했던 그 여인을 통해서 인생에서 참으로 소중한 것이 무엇이며, 어떻게 살아야 하는지를 깨달았다. 이웃의 불행에 대해서 아무런 감정도 느끼지 못하고 배려할 줄 모르는 사람은 참된 사랑도 할 수 없다는 귀한 교훈을 깨달은 것이다.

따뜻한 마음

한 갑부가 있었다. 그에게는 아들이 딱 하나 있었는데, 그 아들이 어릴 때 어머니가 세상을 떠났다. 아내가 세상을 떠나자 아들을 보살펴줄 가정부가 그 집에 들어오게 되었다. 그 아들은 자라서 소년이 되었지만 결혼도 하지 못하고 어린 나이에 병으로 갑자기 죽고 말았다. 하나뿐인 아들마저 죽자 상심이 크고 살아갈 의미를 잃어버린 그 거부도 곧바로 뒤따라 죽었다. 거듭되는 불행을 감당할 수 없었던 것이다.

거부에게는 친척마저 전혀 없었으므로 그 막대한 재산을 유산으로 남겨줄 만한 사람이 한 사람도 없었다. 게다가 유서조차 발견할 수 없었으므로 당국은 그의 재산 처리를 놓고 고민했다. 할 수 없이 그의 재산은 국고로 넘어가게 되었다. 주 정부는 그가 살던

저택과 개인 소지품들을 경매에 붙이기로 했다.

갓난아이 때부터 거부의 아들을 키워온 가정부도 이제는 아이를 가진 어머니가 되었다. 그러나 그 집에 들어가 일할 때나 지금이나 마찬가지로 가난했다.

돈은 없었지만 그녀는 경매를 보러 갔다. 갖고 싶은 것이 꼭 하나 있었기 때문이다. 가구라든지 비싼 양탄자 같은 것은 돈이 없어서 살 수가 없었다.

그러나 벽에 걸려 있는 그림, 그 아들이 그린 그림만큼은 꼭 갖고 싶었다. 그녀는 자기가 갓난아이 때부터 돌보아온 그 아들에게 친아들 못지않게 정이 들었고, 또 사랑했다. 비록 피 한 방울 섞이지 않았지만 그녀에게는 그 소년이 아들 못지않았기 때문이다.

소년의 그림이 경매에 부처지자 아무도 사려고 나서지 않았다. 그래서 그녀는 아주 싼 값에 그것을 살 수 있었다.

그림을 집에 가지고 와서 보니 오랫동안 걸려 있었던 것이라 아주 더러웠다. 그녀는 액자의 뒤를 뜯어내자 무슨 서류가 방바닥에 후두둑 떨어졌다. 그녀는 그것이 무엇인지 몰라 변호사에게 갖다 주었다. 변호사는 그것을 다 읽고 나서 말했다.

"그 동안 어렵게 사시더니 이제 일이 잘 풀리는가 봅니다. 죽은

거부가 이 그림을 살 만큼 자기 아들을 사랑하는 사람에게 자기 재

산을 다 주라는 유서를 남기셨군요."

가정부는 마음이 따뜻하니 이런 복이 굴러온 것이다. 따뜻한 마음은 어린아이가 내 아이인지 관계없이 진심으로 사랑하여 내 아이처럼 돌볼 줄 아는 마음이다. 일상 속에서 우리가 진정으로 가치를 느끼는 건 돈이나 물질적인 것이 아니라 이웃의 아이들도 사랑하고 그들과 기쁨과 슬픔을 함께 나눌 수 있는 따뜻한 마음이다. 따뜻한 마음을 가진 사람이 있으므로 이 세상은 살 만하다.

사랑의 상처

한 소년이 할머니와 함께 살고 있었다.

어느 날 그 소년의 오두막에서 불이 나서 할머니는 소년을 구하다가 연기에 질식해서 그만 죽고 말았다. 불타는 오두막 주위에 사람들이 몰려와서 소년의 살려달라는 비명을 듣고 발을 동동 굴렀지만 집 앞쪽의 불길이 워낙 거세어서 누구도 선뜻 손을 쓸 수가 없었다.

그때였다. 한 낯선 사람이 사람들 사이에서 뛰어나와서는 오두막 뒤쪽으로 달려갔다. 그는 뒤쪽의 쇠 파이프가 오두막 이층까지 연결된 것을 보고, 쇠파이프를 타고 이층까지 올라갔다. 사람들은 여전히 밖에서 발만 동동 구르고 있었다. 얼마 후 불타는 오두막에서 그는 아이를 자신의 목에 매달고 쇠파이프를 타고 내려왔다.

몇 주 뒤 고아가 된 그 소년을 누가 돌볼 것인가를 주제로 마을

회관에서 주민 회의가 열렸다. 그 아이를 돌보기를 원하는 사람들은 누구나 제의할 수 있었다.

그 마을에서 큰 농장을 하고 있는 사람이 첫 번째로 손을 들고 일어서서 말했다.

"우리 집은 큰 농장을 하기 때문에 일손이 필요합니다. 그래서 이 아이를 키우겠습니다."

두 번째로 일어서서 말한 사람은 자기 부부가 아이를 잘 돌봐 줄 수 있으며 교육도 잘 시킬 수 있다면서 이렇게 말했다.

"나는 선생입니다. 우리 집에는 커다란 서재도 있어요. 이 아이는 좋은 교육을 받을 수가 있어요."

여러 사람들이 자기 나름대로 아이를 원하는 이유를 말했다. 마지막으로 그 마을에서 가장 부자인 사람이 말했다.

"여러분도 아시다시피 나는 부자입니다. 여러분이 말씀하신 모든 것을 다 이 아이에게 해줄 수 있습니다. 게다가 난 돈도 줄 수 있고, 여행도 시켜줄 수 있습니다. 내가 이 아이를 데려다 키우겠습니다."

판사가 마을 사람들을 바라보며 물었다.

"더 할 말이 있으신 분은 없으십니까?"

그 때 아무도 모르게 회의장으로 들어와서 맨 뒷좌석에 앉아 있던 한 사람이 좌석에서 조용히 일어났다. 그리고는 앞쪽으로 걸어갔다. 고통스러운 얼굴을 하고 있던 이 사람은 곧장 소년의 앞으로 걸어가서는 양 호주머니에 넣었던 두 손을 꺼내 보였다. 곧이어 탄성이 여기저기서 터져 나왔다. 바로 그의 두 손에는 심한 화상이 있었던 것이다.

자리에 잠자코 앉아 있던 그 소년은 그 사람의 상처를 알아보고는 갑자기 "아저씨! 감사합니다. 저는 이 아저씨 집에 가겠습니다." 하고 소리를 질렀다.

그렇다. 그 사람이 바로 뜨거운 쇠파이플 마다 않고 그 아이를 구해 준 장본인이었기 때문이다. 소년은 기뻐서 펄쩍 뛰며 자기 생명의 은인인 그 사람에게 매달려서 떨어지지 않았다.

이제 농부도 떠났고, 선생도, 부자도 떠났다. 오직 소년과 그 낯선 사람만이 판사 앞에 서 있었다. 그 상처가 있는 낯선 이는 그 아이를 얻기 위하여 단 한마디의 말도 하지 않았다.

사랑은 나 이외의 사람을 나보다 더 아끼는 마음에서 우러나온다. 그런 사랑은 인간의 삶에 끼어든 불필요한 모든 문제와 모순들도 잘 해결할 수 있다. 사랑은 자신을 위해 약해지고 남을 위해 강해지는 속성을 가지고 있다. 톨스토이의 말이다.

바다에 뛰어든 중풍환자

　맥카리스터 박사는 미국 동해안 메일랜드에서 병원을 개업하여 아내와 함께 행복하게 살고 있었다.

　그런데 어느 날 그토록 사랑하던 아내가 갑자기 세상을 떠났다. 의사인데도 미처 손도 써보지 못하고 아내를 잃게 된 박사는 자책감과 우울증에 빠졌다. 게다가 고혈압이 터지면서 중풍으로 사지를 제대로 못 쓰게 되었다. 그리하여 휠체어에 앉아 생활하는 신세가 되고 말았다.

　세상을 더욱 비관하게 된 박사는 기회만 있으면 자살을 하려고 했다. 그리하여 세 명의 간호사가 교대로 그를 지키며 감시했다.

　맥카리스터 박사는 이런 자신의 신세가 더욱 싫었다. 몇 번씩이나 자살을 시도하였으나 번번이 간호사들 때문에 실패했다. 그리하여 간호사를 더욱 미워하게 되었다.

그렇게 보내던 어느 여름 날 그는 해변에 가서 수영을 해보고 싶다고 간호사들에게 말했다. 사실은 자살하기 좋은 곳으로 해변을 택한 것이다.

간호사들은 아무런 의심도 하지 않고 함께 해변으로 갔다. 그는 해변에서 휠체어에 앉아 끝없이 펼쳐진 바다를 보고 있었다. 그 때 박사는 사실 바다에 뛰어내릴 기회를 찾고 있었던 것이었다.

바로 그 순간, 비명 소리가 들렸다. 간호사 한 사람이 물속에 들어갔다가 사지에 쥐가 나서 파도 속으로 빠져들어가고 있었다. 그런데 그 모습을 바라보고 있던 맥카리스터 박사는 주저없이 휠체어에서 일어나 바다로 뛰어들었다. 주위에서 이를 본 사람들은 설마 휠체어에 앉아 있던 박사라고는 상상도 못했다. 주위에 있던 어느 건장한 사람이 바다에 뛰어들어 간호사를 구해준 것으로 생각했다. 그러나 분명 중풍에 걸려 사지를 제대로 못 쓰던 맥카리스터 박사였다. 그는 순식간에 바다에 뛰어들어 간호사를 극적으로 구출해냈다. 그런데 더욱 놀라운 것은 그 간호사는 박사가 그토록 미워하던 수간호사였다는 사실이었다. 그리고 그가 간호사를 구하기 위해 바다에 뛰어드는 순간 그동안 그를 괴롭히던 우울증이나

자살하겠다는 충동이 말끔히 사라졌다. 중풍도 역시 사라져서 그

때부터 완전한 성인으로 활발하게 생활하면서 많은 환자들의 병

을 고쳐주었다.

사랑은 단순히 로맨틱한 감정이 아니라 인간의 창조적이고 역동적인 힘이라고
프로이트는 말했다. 그리하여 인간의 생활과 존재에 커다란 힘을 발휘하며, 인간을
변화시키는 것은 바로 사랑의 힘이라고 하였다. 사랑의 힘은 절망을 희망으로 바꾸
어 놓는다.

사랑의 바이러스

돈 리는 추운 겨울에 직업을 잃어서 할 수 없이 거리에서 죽기보다 싫은 구걸을 하면서 연명해 나가고 있었다. 그는 어느 날 밤 뉴욕의 어느 큰 레스토랑 앞에서 한 쌍의 부부에게 구걸을 했다.

그러자 남자는 퉁명스럽게 말을 하고 레스토랑 안으로 들어가 버렸다. 그러자 뒤따라오던 여자가 주머니에서 1달러짜리 지폐를 꺼내어 주면서 상냥한 목소리로 말했다.

"여기 1달러로 음식을 사서 잡수세요. 그리고 하루 빨리 직장을 구하세요."

1달러를 받은 돈 리는 1달러를 다 쓰지 않고 50센트로 빵을 사서 요기를 채우고 있을 때, 바로 앞에서 한 노인 거지가 자기를 부럽게 바라보는 모습을 보았다. 그리하여 돈 리는 빵 사고 남은 50

센트를 꺼내어 노인에게 빵을 사주었다.

그러자 노인은 빵을 다 먹지 않고 일부를 종이에 싸고 있었다.

"그 빵은 내일 먹으려고 싸는 것입니까?"

돈 리가 묻자 그 노인은 대답을 했다.

"아니요. 저 길가에 신문팔이 아이가 있어요. 아직 저녁을 못 먹어 배가 고플 것 같아서 그 아이를 주려고 쌌습니다."

두 사람은 먹던 빵을 싸가지고 그 아이에게 갔다. 소년은 배고프던 차에 빵을 주니 부지런히 먹었다. 그 때 길을 잃은 개 한 마리가 다가왔다. 그 아이는 빵 조각을 떼어서 개에게 주었다. 그리고는 기운이 생겼는지 그 아이는 신문을 팔기 위해 거리로 뛰어갔다. 노인도 일어서서 일감을 구하기 위해 나섰다.

"나도 이렇게 가만히 있을 수 없지. 뭐라도 해야지."

돈 리는 잃은 개의 목줄에서 주소를 찾아서 그 주인에게 돌려주었다. 그 개 주인은 고맙다고 하면서 돈 리에게 10달러를 주었다. 그리고는 돈 리에게 말했다.

"당신 같은 양심적인 사람과 함께 일하고 싶소. 내일부터 내 사무실로 나오시오."

돈 리는 그 작은 빵 한 조각을 통해서 사랑이 얼마나 큰 힘이 있는가를 깨달았으며, 나누어주는 기쁨을 실감했다.

이웃 사랑은 남을 위해서가 아니라 자기 자신을 위한 것이기도 하다. 남을 위하는 것 같지만 결국 그 결과는 자신에게 돌아온다. 또 인생에는 반드시 보상의 법칙이 따른다. 가는 것이 있으면 오는 것이 있는 것이 세상의 법칙이다.

절망의 어둠 속에서 빛을 찾다

　일본에서 일어난 일이다.

　슬픔에 찬 한 어머니가 말없이 그저 눈물만 흘리며 병원 대기실 의자에 앉아 있었다. 그녀의 외동딸이 그만 병으로 세상을 떠났기 때문이다. 수간호사가 무슨 말을 해도 어머니는 그저 멍하니 앞만 바라보고 있었다. 하지만 이런 상황에서도 위로의 말을 해 주는 것이 수간호사의 도리라 생각해서 그녀를 위로했다.

　"미우라 부인, 저기 남루한 차림의 작은 사내아이 아세요? 죽은 따님의 병실 옆 복도에 있는 아이요."

　"모르겠는데요." 그녀는 그 아이가 누군지 몰랐다.

　"저 아이 말인데요. 엄마는 젊은 여자입니다. 일주일 전에 앰뷸런스에 실려 이곳으로 왔죠. 그 여자가 아들이랑 이곳으로 온 지

겨우 석 달이 안 되었어요. 전에 있던 곳에서 가족을 모두 잃었답니다. 이곳에 아는 사람이 없고요. 날마다 저 아이는 병원에 와서 엄마가 깨어나기를 기다려요. 하지만 이제는 엄마마저 잃어버렸답니다."

미우라 부인은 진지하게 듣고 있었다. 수간호사가 계속 이야기를 했다.

"15분 전에 엄마가 죽었어요. 이제 저 일곱 살 난 아이에게 엄마가 죽었다고 말해주어야 하는데요. 저 아이는 이제 고아랍니다."

수간호사는 여기서 말을 멈추었다. 그리고는 슬픔에 찬 얼굴로 미우라 부인을 돌아보고 말했다.

"미우라 부인, 저는 차마……."

그녀가 머뭇거리며 말을 이었습니다.

"차마 말할 수가 없어서 그러는데, 저 대신 아이에게 이야기를 해주시지 않을래요?."

그 다음에 일어난 일은 수간호사가 일생에서 결코 잊을 수 없는 일이 되었다.

미우라 부인은 망연히 앉아 있던 자리에서 일어나 눈물을 닦더니 그 아이에게 다가갔다. 그리고 그 아이의 어깨에 팔을 두르고는 자신의 집으로 데리고 간 것이다.

그렇게 절망의 어둠 속에 있던 두 사람이 만나 서로에게 빛이 되어주었던 것이다.

두 사람은 자식과 어머니를 잃은 암흑과 절망 속에서 사랑으로 삶의 희망을 발견하였다. 사랑은 인생의 흐뭇한 향기이자 우리 인생의 의미와 가치를 부여하는 인생의 따뜻한 햇볕이다. 인간에게는 정(情)의 아름다움과 흐뭇함이 있기 때문에 괴로운 인생도 기쁜 마음으로 살 수가 있다.

사랑으로 흉악범의 가슴을 녹이다

일본의 최고 흉악범들만 모아놓은 한 교도소에서 생긴 일이다. 긴조는 그 교도소 소장으로 임명을 받아 소장으로 부임했다. 그 교도소는 어느 교도소와 비교도 안 될 정도의 무법천지였다. 그런데 그런 교도소가 소장이 은퇴할 때는 가장 모범적인 교도소로 변해 있었다. 이 교도소에 대해서 아는 사람들은 그 소장의 덕분이라고 한다. 그러나 그 소장은 이렇게 말했다.

"모두가 죽은 제 아내 덕분이지요. 그녀는 지금 교도소 담장 밖에 묻혀 있습니다."

소장의 부인 아야꼬는 남편이 소장이 되어 이곳에 왔을 때는 아이 셋을 둔 엄마였다. 교도소 직원은 물론 주위의 사람들이 아야꼬에게 이 교도소는 흉악범들만 있으니까 교도소 안에 한 발자국도 들어가지 말라고 했다. 그러나 그런 주의를 그녀는 듣지 않았다.

아야꼬는 교도소에서 농구시합이 열리는 날 관중들과 함께 앉아서 구경을 했다. 그녀는 농구 시합을 구경하면서 이렇게 생각했다.

'나와 내 남편이 이 사람들을 도와주면 그들이 우리를 보살펴줄 거야. 걱정할 필요 없어.'

아야꼬는 그들과 친해지려고 노력했다. 그들의 과거 따위는 생각하지 않고 말이다. 아야꼬는 한 살인범이 장님이라는 것을 알고 그를 찾아갔다. 그리고 그의 손을 잡고 물었다.

"점자를 읽을 줄 아세요?"

"점자가 뭐에요?" 하고 장님이 되물었다. 아야꼬는 그때부터 그 살인범에게 점자 읽는 법을 가르치기 시작했다. 그로부터 몇 년 후 그 죄수는 점자로 글을 읽게 되었고, 아야꼬의 깊은 사랑과 헌신에 눈물을 흘렸다. 그뿐만 아니라 교도소에 벙어리가 있다는 것을 알고는 그를 위해 수화를 배워서 가르쳤다. 그리하여 그 교도소에서는 그녀를 예수님이라 불렀다.

얼마 후 안타깝게도 그녀는 교통사고로 죽었다. 그녀가 죽은 다음날 소장은 출근을 하지 않았다. 그러자 수감자들은 곧바로 뭔가 좋지 않은 일이 일어났음을 알았다. 다음날, 아야꼬는 교도소에서

1마일 떨어진 그녀의 집에 안치되어 있었다. 부소장이 소장을 대신해서 순찰을 돌자 죄수들은 모두 슬픔에 잠긴 얼굴로 떼를 지어 정문에 모여 있는 것을 보았다. 그들 중에 눈물을 흘리는 죄수도 있었다. 부소장은 죄수들이 그녀를 얼마나 사랑하고 있는가를 깨달았다. 그는 돌아서서 죄수들을 향해 이렇게 말했다.

"그래, 좋다. 나가라. 단 오늘 밤에 돌아와야 한다."

그리고 나서 육중한 교도소의 문이 열렸다. 감시하는 교도관도 없이 그들은 아야꼬에게 경의를 표하기 위해 아야꼬의 집까지 긴 행렬이 이어졌다.

모든 죄수들은 그날 밤 교도소로 다시 돌아왔다. 한 사람도 남김없이, 모든 죄수들이 다 돌아온 것이다.

생에 빛을 주고, 향기를 주고, 기쁨을 주고, 보람을 주고, 의미를 주고, 가치와 희망을 주는 것이 사랑이다. 죄수들은 비록 죄를 지어 감옥에 들어왔을망정 진정한 사랑 앞에 그들은 감사함을 깨달은 것이다. 이들은 사랑을 통해서 새로운 삶을 바라볼 수 있게 된 것이다.

사랑을 심자

일본의 한 마을에 아침마다 종을 흔들면서 자전거에 두부를 싣고 팔러 다니는 할아버지가 있었다. 할아버지는 이 두부를 팔아서 하루하루를 사는 분이었다. 이 마을의 주부들은 매일같이 아침마다 할아버지의 종소리를 듣고 나와서 필요한 만큼의 두부를 사가곤 했다.

그런데 어느 날 종소리가 들리는가 싶더니 갑자기 끊어졌다. 의아하게 생각한 주부들이 길에 나와 보니 할아버지가 돌부리에 걸려서 자전거와 함께 넘어졌고, 두부는 반 이상 땅바닥에 뒹굴고 있었다. 할아버지가 다치지 않은 것을 확인한 주부들은 땅바닥에 흩어진 두부를 주워서 자신들이 가져갈 만큼 봉지에 담았다. 그리고는 누가 시키지도 않았는데 모두들 평소에 내던 두부 값의 두 배를 할아버지에게 주었다. 땅바닥에 떨어진 두부가 평소 이 마을에서 팔던 두부보다 많았기 때문이다.

예상치 못한 주부들의 행동에 할아버지는 그저 고맙다고 하면서 연신 고개를 숙였다. 그의 눈에는 고마움과 주부들의 따뜻한 마음에 눈물이 흘렀다. 주부들은 별일 아닌 양 모두들 집으로 돌아갔다. 할아버지는 남은 두부를 팔기 위해 다른 마을로 향했다.

그 이튿날 아침 할아버지는 김이 무럭무럭 나는 신선하고 깨끗한 두부 한 모씩을 그 마을 주부들에게 주었다. 물론 두부 값을 받지 않고 어제 일에 감사함을 표시한 것이다.

할아버지는 주부들의 따뜻한 마음에 감동을 받아서 지금까지 느껴보지 못한 즐거움을 맛보았다. 세상은 살 만한 가치가 있다는 것을 깨달은 것이다.

세상은 두부 한 모만큼의 사랑이 있기만 해도 많은 사람이 희망을 가질 수 있다. 어려움을 만난 사람들에게는 더 큰 사랑이 필요하다. 이 조그마한 사랑에 의해서 사람들은 자신의 인생을 즐겁게 살 수 있다. 그래서 사랑은 우리 인생에서 가장 소중한 것 중의 하나이다.

불쌍한 이웃을 생각하는 마음

옛날 아일랜드에 한 왕이 있었다. 그에게는 왕위를 물려줄 후계자가 없었다. 왕은 고민하다가 전령을 보내 방방곡곡에 방을 붙이게 했다. 자질 있는 모든 젊은이는 왕이 될 수 있으며 왕과 면담할 수 있다는 내용이었다. 단, 지원자는 백성을 사랑하는 마음이 있어야 한다는 것이었다.

이 이야기의 주인공인 젊은이는 자신이 백성을 사랑하고 있으므로 한 번 도전해보고 싶었다. 그러나 한 가지 마음에 걸리는 것이 있었으니 워낙 가난해서 왕을 뵈러 갈 옷이 없다는 것이었다. 그래서 여기저기 빌리기도 하고 막일을 해서 적당한 옷을 장만했다.

옷을 장만할 돈이 갖추어지자 그는 드디어 길을 떠났다.

그러던 어느 날, 길가에서 남루한 옷을 입은 거지와 마주쳤다. 거지는 다 떨어진 옷을 걸친 채 그에게 사정을 했다.

"제발, 저를 도와 주십시오. 배가 고파 죽겠습니다."

그는 거지의 처지가 불쌍해서 자신이 입고 있던 옷을 벗어서 거지에게 주고 주머니에 있던 돈마저 모두 주었다.

그는 남루한 옷으로 인해서 망설였지만, 왕궁으로 향했다. 그가 궁궐에 도착하자 왕의 시종들은 커다란 거실에서 그를 맞이했다.

그는 머리를 조아려 경의를 표했다. 그리고 고개를 들었을 때 도저히 믿어지지 않는 일이 벌어졌다. 그는 너무 놀라 쓰러질 뻔했다.

"아니, 당신은 며칠 전의 그 거지가 아닙니까?"

"그렇다네." 왕은 미소를 띠고 말했다.

"그럼 어떻게?"

젊은이는 겨우 정신을 차리고 더듬거리며 물었다.

"조금 전에 거지였는데 그럼 변장을 했군요."

"내가 거지로 변장을 한 것은 왕이 되겠다는 사람이 정말로 백성, 특히 불쌍한 사람들을 사랑하는가를 알기 위해서라네."

왕이 대답했다.

"내가 지금처럼 왕의 모습으로 자네를 만났으면 자네가 백성을 진정으로 사랑하는 지를 내가 알 수 없지. 그래서 머리를 쓴 거네.

이제 자네가 백성을 사랑하는지 정말로 알았으니 자네가 내 후계

자가 되어주게. 이제 이 왕궁은 자네 것일세."

진정한 사랑이란 어느 특정인의 사랑이 아니라 만인을 사랑하고자 하는 정신 상태다. 그러한 경험을 통해서 우리는 우리의 마음이 신적인 것에서 비롯된다는 사실을 깨달을 수 있다. 톨스토이의 말이다.

사랑의 길에 서서 행하라

사랑의 길에 서서 사랑을 행하라.

당신이 비록 모든 삶의 진리를 터득했다고 할지라도

당신에게 행복을 가져다주는 것은 사랑뿐이다.

마음이 사랑으로 넘치는 사람이라면

결코 아픔이나 슬픔의 나락으로

떨어지지 않을 것이다.

어떠한 악도 사랑에 빠져 있는

선량한 사람을 범하지는 못한다.

사랑에 빠진 가난한 사람은 기회가 닿으면

부자가 될 수도 있다.

그러나 마음이 악한 사람에게는

그런 변화조차 이루어지지 않으며

그들은 영원히 가난할 것이다.

-톨스토이-

Part 2

보은은 이 세상을 따뜻하게 만든다

지옥에서 보답한 은혜

다음의 글은 제2차 대전 당시 악명 높은 폴란드 포로수용소에 갇혔다가 극적으로 살아남은 한 부인의 이야기이다.

제2차 대전이 막바지에 이르렀을 때 한 포로수용소에서 일어난 일이다. 때는 무더운 여름날 푹푹 찌는 무더위 속에서 정치범을 실은 열차가 역에 도착하였다. 열차에서 죄수들이 내리자마자 끌려간 곳은 철조망이 쳐 있고 감시탑에 기관총을 든 군인들이 바라보고 있는 바로크 식 건물의 수용소였다. 이곳이 바로 악명 높은 폴란드 수용소였다.

한 줄로 서서 수용소로 들어가자 정문 입구에 히틀러 친위대 한 사람이 포로수용자들에게 모두들 입고 있던 옷을 전부 벗겨 나체로 서게 했다. 그러자 이 수용소의 최고의 군의관인 조셉 멩겔이라는 자가 수용자의 몸매를 검사하기 시작했다. 엄지손가락으로 좌우측을 가리키는데, 좌측으로 간 사람은 병들거나 허약한 사람 또는 어린아이들로 그 즉시 가스실로 끌려가서 처형되었다.

반면에 우측을 가리킨 사람들은 팔에 문신을 새겼다. 나의 팔에 '82585'라는 수형자 번호를 찍었다.

그리하여 수용소에서 인간 이하의 대접을 받으면서 간신히 목숨을 이어가던 어느 날 낯모를 여자 포로 한 사람이 나에게 다가와 "빙클러란 의사가 당신을 만나고 싶어 합니다."라고 귀엣말로 속삭이고는 사라졌다. 그리고 다시 며칠 후 또 다른 여죄수가 똑같은 말을 했다.

빙클러 의사는 멩겔 군의관 밑에서 일하는 부하로 방사선 전문과의사였다.

그로부터 얼마 후 나는 죄수들의 옷을 수선하는 재봉실로 옮겨졌는데, 그 재봉실을 담당하는 여장교가 아무 이유도 없이 나를 괴롭혔다.

어느 날 그 여장교가 일하고 있는 나에게 다가와서 옷을 낚아채면서 "이 따위로밖에 일하지 못하느냐?"고 호통을 쳤다. 그 때 나는 "안경을 빼앗겨서 더 이상 잘 할 수 없다."고 하자, 그는 자신에게 반항했다는 이유로 나를 가스실로 끌고 갔다.

한 밤중에 가스실로 끌려가다가 경비가 소홀한 틈을 타서 죽기 살기로 도망을 쳤다. 도망을 치다가 '위험지역'이라는 표시가 달린 문이 보여 그 문을 열었다. 아무리 위험한 곳일지라도 가스실보다는 나을 것이라는 생각을 하면서 문을 열었다. 그러자 문이 열리면서 흰 가운을 입은 여의사가 "빨리 들어오세요." 하면서 맞이하였다. 그녀가 바로 나를 찾고 있던 빙클러라는 의사였다.

"내가 당신을 만나고 싶어 한다는 말을 들었지요. 당신을 도우려고 연락했는데 이제야 만나게 되었습니다."

그의 말에 나는 물었다.

"당신은 왜 목숨을 걸고 나를 도와주려고 하는지요?"

"그것은 내가 지금까지 살아오면서 가장 큰 은혜를 입은 사람에게 보답하기 위해서입니다. 그 분의 이름이 알렉산더이고 바로 당신의 부친 되시는 분이지요"

아버지의 이름을 듣는 순간 나는 눈물이 핑 돌았다. 빙클러는 옛일이 떠오르는지 잠시 말을 끊었다가 다시 계속했다.

"나의 아버지는 일찍 돌아가시고 어머니와 단 둘이서 사는데 생활이 너무 어려워 대학에 갈 수 없었는데 당신 아버지께서 의과 대학 졸업까지 모든 학비를 대어 주셨습니다. 대학을 졸업한 후 아버지를 찾아갔지만 당신 아버지는 끝내 자신은 모르는 일이라고 하시면서 이렇게 말했습니다. '내가 도와준 은혜는 당신이 다른 사람을 도와줌으로써 대신할 수 있다고 생각합니다. 절망 속에 빠져 있는 사람을 도우세요. 그러면 은혜를 갚는 것입니다.'"

그리고는 그녀는 자신이 이곳까지 오게 된 사정을 말했다.

"나는 아버님의 그 말씀을 들은 후 병원을 개업하고 불쌍한 환자들을 돌보며 열심히 일을 하던 중 나치에 의해 이곳으로 끌려오게 되었습니다. 그리고 이곳에서 당신이 끌려왔다는 소식을 듣고 당신을 구하려고 결심했습니다."

자신의 이야기를 자초지종 다 말한 빙클러는 나의 등을 토닥거리면서 말했다.

"내 친구 가운데 전염병동을 맡고 있는 의사가 있어요. 그곳에는 독일 군인들이 오지 않으니 그곳에서 소련군이 올 때까지 안심하고 피신해 있으세요. 날이 더 밝기 전에 빨리 그곳으로 가야 합니다. 무사하기를 빌겠습니다."

나는 담벼락에 붙어서 기다시피 하면서 전염병동으로 찾아갔다.

문에서 빙클러의사가 알려준 암호를 대자 문이 열리면서 나를 끌어당겼다.

그로부터 얼마 후 빙클러는 멩겔이 이곳에서 철수하게 되어서 작별인사를 하러 나를 찾아왔다.

나는 그녀에게 뭐라고 감사하다는 말을 해야 할지 모른다고 하자 그녀는 오히려 머리를 가로저으면서 말했다.

"당신 아버지가 베푼 은혜가 당신을 구한 것입니다."

그로부터 얼마 후 소련군이 이곳에 진주하면서 우리는 죽음의 수용소에서 풀려났다.

그 후 나는 빙클러를 다시 만나려고 하였으나 찾을 수 없었다. 멩겔이 철수하면서 자신의 죄가 세상에 알려질까 봐 그곳에서 일했던 의료진을 모두 무참하게 학살했다. 도랑 속에 버려진 많은 시체 가운데 머리에 관통상을 입은 빙클러의 시체도 있었다.

사람의 인연은 묘한 것이다. 어디서 어떻게 다시 만날 줄 모르는 것이 인간의 인연이다. 그래서 원수는 외나무다리에서 만난다고 하는 말이 있다. 절대로 다시 만나지 않을 것처럼 악하게 대해서는 안 된다는 것이다. 선을 베풀면 언젠가는 그만큼 보답이 따르는 것이 인생의 법칙이기도 하다.

30분 동안 걸인과 대화

    한 쌍의 남녀가 초라한 결혼식을 올렸다. 부모의 반대를 무릅쓰고 하는 결혼이라 하객들이라고는 그들 친구뿐이었으며 그 외에는 내빈도 없었고 축하객도 없었다.

    간단한 예식을 마치고 흥겨운 피로연 대신 친구 집에서 조촐하게 저녁식사를 마치고 두 사람은 거리로 나왔다. 신혼여행을 가야 하지만 그들의 주머니에는 집에 갈 수 있는 몇 푼의 푼돈밖에 없었다. 화려한 거리를 신혼여행지로 삼아 돌아다니다가 마지막 전철을 탔다.

    늦은 시간 아무도 없는 넓은 전철 안이 두 사람을 위한 공간이었다. 작고 초라한 집에서 보내는 것보다는 넓고 환한 전철 안에서 그날 밤을 보내고 싶었다. 두 사람은 아무도 없는 전철 안에서 로미오와 줄리엣이 되기도 하고 즐겁게 대화를 나누고 서로에게 자신의 마음을 고백하기도 했다.

그러나 그런 둘만의 자유시간도 술에 취한 걸인이 들어오면서 끝나고 말았다. 걸인은 그들만 앉아 있는 칸 맞은편에 앉아서 다른 칸으로 갈 생각도 하지 않고 그 연인들을 빤히 쳐다보더니 말을 걸었다.

"두 사람은 서로 사랑하는 사이요?"

험한 욕설을 하지 않을까 두려워하다가 의외로 친절한 목소리로 물어오자 그들 연인도 친절하게 대답했다.

"네."

그리고는 두 연인은 걸인이라고 무시하지 않고 오늘 결혼하게 된 것과 일어난 모든 일들을 이야기해 주었다. 그러는 사이에 경계심이 없어지면서 오래된 친구 사이처럼 웃으면서 대화를 나누었다. 걸인은 두 연인과 대화를 하는 동안 지금까지 느껴보지 못한 인간의 따뜻함을 느꼈다.

잠시 후 정거장에 도착하자 걸인은 자기가 내릴 곳에 왔다고 하면서 "두 분, 행복하게 잘 사세요." 하는 인사와 함께 전철 밖으로 나갔다. 그러다가 다시 들어와서는 "참, 내가 잊어버릴 뻔 했구먼." 하고 말하더니 봉투를 하나 획 하고 던지고는 "이거 결혼 선물이요." 하고 사라졌다.

두 연인은 걸인이 사라진 다음 봉투를 열어보았다. 그 봉투 안에는 의외로 100불이 들어 있었다. 그 돈이면 그들이 신혼여행을 가고도 충분히 남을 돈이었다. 걸인은 30분 동안의 진솔한 대화에 대한 보답으로 구걸로 모은 돈 전부를 준 것이다.

두 연인은 걸인을 대하면서 걸인으로 보지 않고 한 인간으로 보고 친절하게 그리고 진솔하게 대화를 나눈 덕분에 그 보답으로 신혼 여행선물을 받은 것이다. 걸인은 자신과 같은 걸인을 무시하지 않고 인간으로 대하고 솔직하게 자신들의 이야기를 전하는 것을 보고 인간답게 대접받았다는 것을 깨닫고 지금까지 느껴보지 못한 인간의 따뜻한 정을 느껴서 전재산이나 다름없는 돈 전부를 준 것이다. 인간을 직위나 위치를 따지지 않고 인간답게 대하는 것은 인간애에서 비롯된다.

미소가 한 생명을 구하다

　전쟁 중에 한 포로가 수용소에 잡혀서 겪은 이야기다. 그는 내일 사형장에 끌려가서 집행당하게 되었다. 그래서인지 수용소에 갇혀 있는 다른 포로들도 그에게 감히 말을 걸을 수 없을 뿐 아니라 똑바로 쳐다보지도 못했다.

　또한 간수들도 그가 갇혀 있는 감방에 오지도 않았다.

　모두들 전쟁으로 희생당하는 그를 안타까워했지만, 그를 마주치면 아무런 이유도 없이 좋지 않은 일을 당할 것 같은 불길한 예감이 들어서 모두 그를 피했다.

　그러나 사형집행을 앞두고 마지막 가족 면회를 갔다가 복도에서 우연히 어느 간수와 눈이 마주치게 되었다. 그 때 사형수가 그 간수에게 부드러운 미소를 지어 보였다. 그러자 간수는 죄수에게

다가가 "담배 한 대 피우겠소?" 하면서 담배 한 갑을 통째로 내밀었다.

사형수는 "고맙습니다. 한 개면 됩니다." 라고 말하고는 나머지를 돌려주었다.

"아이들이 있소?" 간수가 묻자 "네, 있습니다만 다시 못 볼 것 같아서 두렵습니다."라고 말하더니 주머니에서 아이들 사진을 꺼내 보여주었다.

두 사람은 함께 사진을 보며 눈물을 흘렸다. 두 사람에게는 다 같이 사랑하는 아이들이 있는데, 불행하게도 한 사람은 그 아이들을 이제 영영 볼 수 없게 된 것이다. 두 사람은 얼마 동안 가족과 전쟁에 대해서 이야기를 나누다가 헤어졌다.

그날 밤 모든 죄수가 잠이 든 시간에 사형수는 잠을 이루지 못했다. 이제 날이 새면 가족들과 사랑하는 아이를 영원히 볼 수 없다는 생각에 잠을 잘 수가 없었다. 이리저리 뒤척거리고 있는데 그때 누군가가 조용히 복도를 걸어오는 소리가 들렸다. 깨어 있던 사형수 외에는 아무도 눈치 챌 수 없었다. 그 발걸음은 곧 사형수가 수감되어 있는 감방 문 앞에 멈추었다. 그리고는 조용히 감방 문이 열렸다. 그 간수는 낮에 사형수와 대화를 나눈 바로 그 간수였다.

간수는 사형수에게 조용히 나오라고 손짓을 하였다.

두 사람은 도둑고양이처럼 검은 그림자를 드리우며 복도를 지나 뒷문에 이르렀다. 간수는 소리 없이 뒷문을 열고 뒷산쪽을 가리키며 손짓을 하였다. 사형수는 고맙다는 표시로 고개를 끄덕이고는 산으로 향해 달렸다. 그날 이후로 수용소에서는 두 사람의 모습을 볼 수 없었다.

미소는 마음을 평안하게 하는 청심환과 같다. 기쁜 일이 있을 때만 미소를 짓는 것은 아니다. 어려울 때 미소를 지으면 마음의 여유가 생긴다. 미소를 지으면 마음에 작은 기쁨이 생기고, 그 작은 기쁨은 사람들의 마음에 전해져서 큰 기쁨으로 돌아온다.

보은의 인술

영국의 한 도시청년이 처음으로 시골에 갔다가 시냇가에서 물장난을 하다가 물에 빠졌다. 수영을 할 줄 모르는 이 소년은 허우적거리고 있는데, 마침 그 곳을 지나가던 소년이 급히 뛰어들어가 소년을 구출해냈다.

그 도시소년은 자신을 구해준 시골 소년을 자기 집으로 데려가서 부모님에게 소개를 하였다. 그리고 두 소년은 그때부터 친구가 되었다.

어느 날 도시소년이 그 시골 소년에게 장래 희망이 무엇이냐고 묻자 장차 의사가 되는 것이 꿈이라고 하였다. 그 소년은 아버지에게 말씀을 드려 그 소년을 의과대학에 보내었다. 그 시골소년은 의과대학에 입학하여 열심히 공부하여 의학박사가 되었다. 그가 바로 페니실린을 발명한 플레밍 박사였다.

그 후 그 도시 청년은 대영제국의 수상이 되었다. 수상이 된 그는 중근동 지방을 시찰하러 갔다가 뜻하지 않게 폐렴에 걸렸다. 이 병은 당시 치명적이었다. 그러자 플레밍 박사는 그 소식을 듣고 달려가 치료하여 불치의 병을 고쳤다. 그 병을 고치는 데에는 페니실린이 절대적으로 공이 컸다.

두 사람은 서로에게 진 은혜를 이렇게 보은하였다.

이 아름다운 이야기는 인과응보의 법칙을 새삼 깨닫게 한다. 인간은 은혜 속에 살아간다. 많은 사람들과 더불어 살아가면서 서로 남에게 도움을 받거나 신세를 지기도 한다. 남에게 도움을 받거나 신세를 졌을 때 고맙게 생각하고 은혜를 갚을 줄 알아야 한다. 이것이 인간의 도리이며, 인생에서 가장 소중한 것 중의 하나이다.

작은 친절과 배려의 큰 보상

어느 날 밤, 그날 따라 폭풍우가 심하게 몰아쳐 몸조차 가누기 힘들었다. 어떤 노부부가 호텔에 들어와 빈 방을 하나 달라고 하였다. 그런데 그날은 공교롭게도 호텔의 방이 모두 손님들로 가득차서 빈 방이 없었다.

빈 방이 없다는 안내의 말을 들은 노부부는 실망을 감추지 못했다. 비바람이 몰아치는 이 밤에 투숙할 곳이 없어 거리로 나가야할 형편이 되었기 때문이다. 그리하여 이러지도 저러지도 못하고 호텔 정문에서 우두커니 서 있었다. 그 때 호텔 안내 데스크에서 일하는 한 젊은 직원이 그 노부부에게 다가와서 친절한 목소리로 말했다.

"이렇게 비바람이 몰아치는 험한 날씨에 투숙할 수 있는 방을 내어드리지 못해 죄송합니다만, 상관이 없으시다면 제가 거처하는 방에서 오늘 하룻밤을 주무십시오."

투숙할 수 있는 방을 내주지 못한 것이 자신의 잘못인 것처럼 미안한 마음이 담긴 목소리였다.

노부부는 한 동안 망설였지만 다른 방법이 없어서 그 종업원이 거처하고 있는 방에서 그날 밤을 보내었다. 그리고는 그 다음날 호텔을 떠나면서 어젯밤 고마웠다는 인사와 함께 이 호텔의 주소와 종업원의 이름을 적어 달라고 하였다. 종업원은 아무런 생각없이 노부부가 원하는 대로 종이에 주소와 자신의 이름을 적어서 주었다.

그로부터 2년 후 종업원 앞으로 뉴욕으로 오라는 초청장이 왔다. 그 초청장에는 뉴욕행 비행기 왕복표가 들어 있었다.

그 젊은 종업원은 초청받은 날 뉴욕의 지정된 장소로 갔다. 그가 도착한 곳은 신축한 지 얼마 안 되는 커다란 호텔 정문 앞이었다. 환한 얼굴로 그를 맞이한 사람은 다름 아닌 2년 전의 그 노부부였다. 노부부는 어리둥절한 표정을 짓고 있는 종업원에게 말했다.

"이제부터 당신이 이 호텔의 주인이오."

이 노부는 윌리엄 월도프 아스토였으며, 그 호텔이 바로 그 유명한 월도프 아스토리아 호텔이었다.

2년 전 폭풍우가 몰아치는 어느 날 밤, 빈 방이 없어서 남감해하는 노부부에게 자신이 거처하는 방을 선뜻 내주어 편안하게 지낼 수 있도록 해준 친절과 배려에 대한 보상으로 그 종업원은 그 호텔의 첫 번째 지배인이 된 것이다.

인생을 살면서 인간관계에서 그냥 넘겨도 상관없는 사소한 일들을 많이 만난다. 그 사소한 일을 사소하게 생각하지 않고 인생에서 중요한 만남으로 생각하고 친절한 마음으로 배려할 때 기대하지 않았던 큰 보상을 받게 된다.

보은할 줄 아는 강아지

한 여인이 레스토랑에서 식사를 하고 있었다.

그녀와 마주 보이는 테이블에 앉아 있는 사람과 시선이 자주 마주쳤다.

서로 겸연쩍어하다가 여인이 먼저 환한 미소로 인사를 했다.

여인의 미소를 보고 기분이 좋아진 남자는 웨이터에게 후한 팁을 주었다.

깜짝 놀란 웨이터는 그 돈으로 복권을 샀다. 운 좋게도 복권이 당첨되었다.

여유가 생긴 웨이터는 매일 찾아오는 걸인에게 후한 적선을 하였다.

걸인은 그 돈으로 풍성한 저녁식사를 사서 집으로 돌아가다가 길에 버려진 강아지를 발견했다. 그 걸인은 그 강아지를 데리고 집으로 돌아갔다.

추운 겨울 거리에서 지내야 할 신세였던 강아지는 이제 따뜻한 방에서 겨울을 보낼 수 있게 되었다.

그날 밤 집에 불이 난 것을 보고 강아지는 열심히 짖었다. 강아지가 정신없이 짖어대자 사람들은 잠에서 깨어 밖으로 나와 인명 피해가 없었다. 그때 강아지를 데려다가 재운 그 소년이 자라서 한 나라의 대통령이 되었다. 강아지는 자기를 추운 곳에서 지내지 않게 집으로 데리고 온 소년에게 큰 보답을 한 것이다.

신세를 졌으면, 크던 작던 보답하는 것이 보은이다. 말 못하는 짐승인 강아지도 보은을 하는데 인간은 말할 필요가 없는 것이다. 보은은 세상을 따뜻하게 한다. 보은은 세상에 사랑을 심는다. 보은은 인간관계를 부드럽게 한다.

국경을 초월한 보은

　나는 폴란드 국적을 가진 비행기 조종사로서 프랑스 리웅에 있는 비행클럽 교관직을 사임하고 비행기를 조종해서 고국 폴란드로 돌아가려던 때였다. 그 때가 히틀러가 오스트리아를 병합한 뒤 폴란드를 침공하기 직전이었다.

　그런데 고국으로 돌아오는 도중 예기치 않은 비행기 사고로 중도에 기수를 돌려 오스트리아의 비엔나에 비상착륙을 했다. 그곳에서 비행기 수리를 부탁한 후 호텔에 짐을 풀고 잠시 쉬는 중이었다.

　호텔 앞에 있는 가게에 물품을 사기 위해서 가게에 들어서는 순간 한 남자가 가게 안으로 뛰어들었다. 들어오면서 나와 부딪쳐 나는 쓰러질 뻔했다. 화가 나서 그에게 보복을 하려는 순간 그의 눈빛은 공포에 질려 창백해진 눈으로 나를 쳐다보았다.

그는 연신 "게슈타포, 게슈타포." 하고 외쳤다. 나는 그 순간 그가 쫓기고 있다는 것을 알고 그를 데리고 나의 호텔 방 침대 밑에 숨겼다.

잠시 후 게슈타포 여러 명이 방을 검색했으나 아무도 없다는 것을 안 그들은 나가 버렸다.

그 후 그는 나에게 폴란드로 데려가 달라고 간청했다. 그리하여 나는 그를 나의 비행기에 태우고 오스트리아로 떠났다. 목적지인 크라코 비행장 부근 공터에서 그를 내리게 한 다음 주머니에 있는 돈을 모두 주면서 행운을 빌었다. 그는 나의 손을 꼭 잡고 감사하다는 인사말을 한 후 숲속으로 사라졌다.

그 후 나는 우여곡절 끝에 영국군에 입대하여 전투 임무를 마치고 돌아오다가 영국해협에서 비행기 충돌로 부상을 당했다. 피투성이가 되어 겨우 영국 땅에 불시착하여 병원에 입원하였다.

의식을 잃었다가 되찾아 응급실 침대에 누워 있는 내 앞에 제일 먼저 나타난 의사가 있었다. 그는 바로 비엔나에서 내가 구해준 그 청년이었다. 게슈타포에게 쫓겨 다니던 그 청년이었다.

그는 의사가 되어 다른 곳에서 근무하다가 신문을 통해서 나의 소식을 듣고 나를 고치기 위해서 우리 부대의 의무과에 전출을 지원하였던 것이다.

그는 죽기 직전인 나를 정성을 다해서 고쳤다. 그리고 그는 이렇게 말했다.

"당신의 은혜를 갚으라고 신이 나에게 주신 기회를 살리기 위해서 무슨 일이라도 해야 되겠다고 생각했습니다. 그 결과 오늘 당신을 수술하게 되었습니다."

배은망덕은 받은 은혜를 부인하거나 숨기고 갚지 않는 것이다. 가장 심한 것은 받은 은혜를 잊는 것이다. 세네카의 말이다. 우리는 이 세상을 살면서 사람들로부터 크게 혹은 적게라도 은혜를 입고 산다. 그 은혜를 통해서 죽을 고비도 넘기고, 실패했던 인생이 다시 일어서는 계기가 되기도 한다. 이런 은혜를 결코 잊어서는 안 된다. 보은을 통해서 인간관계가 더욱 깊어지며 세상이 훈훈해진다. 그러므로 보은은 인생에서 가장 소중한 것의 하나이다.

은혜를 잊지 않으려는 멋진 사람

유명한 내과의사이자 외과의사인 캘리 박사는 진실하고 성실한 사람이었다. 의과 대학 시절 여름 방학에 학비를 벌려고 책을 팔기 위해 전국을 돌아다니다가 어느 목장에 들르게 되었다. 그때 그는 목이 말라 물 한 잔을 마시기 위해 목장에 들른 것이다. 한 소녀가 나왔다. 물 한 잔만 달라고 하자 그 소녀는 예쁜 목소리로 "원하신다면 우유 한 잔을 드릴게요." 라고 말하고는 새로 짠 신선한 우유를 한 컵 들고 나와서 주었다. 캘리는 단숨에 우유 한 잔을 들이마셨다. 그러자 목이 마른 것도 가셨고, 배고픔도 잠시 잊을 수 있었다.

그로부터 여러 해가 흘러 캘리는 의과대학을 졸업하고 박사학위를 받고 존스 홉스킨스 병원의 외과 과장이 되었다.

하루는 몹시 아픈 환자가 병원에 입원했다. 수술이 필요한 환자였다. 노련한 캘리 박사는 환자를 완쾌시키기 위헤 열심히 수술에 임했다. 수술 후 환자는 아주 빠른 속도로 회복되었다.

퇴원 날이 다가왔다. 그 환자는 몹시 기뻤지만 병원비를 생각하니 걱정이 되었다. 청구서를 달라고 하자 간호사가 상세히 기록한 청구서를 가져왔다.

그녀는 무거운 마음으로 청구서에 적힌 항목들을 읽어 내려가다가 한숨을 내리쉬었다. 그러나 조금 더 읽어 보니 청구서 제일 하단에 다음과 같은 메모가 적혀 있었다.

"한 잔의 우유로 모두 지불되었음!"

그 밑에는 캘리 박사의 사인이 적혀 있었다.

많은 이들이 배품의 의미를 과잉 해석하고 스스로 사정을 생각하지 않고 지나치게 베풀다 모든 것을 잃는다. 그럴 때 은혜를 입은 사람은 부담감 때문에 거리를 두고 마침내는 도움을 준 사람을 적으로 보기도 한다. 발타자르 그라시안의 말이다. 남에게 베풀 때 어떻게 해야 하는가를 잘 표현한 말이다.

죽음을 무릅쓰고 은혜를 갚다

중국 초나라 장왕(莊王) 때의 일이다.

장왕이 여러 신하와 함께 잔치를 벌였다. 술자리가 한창 무르익을 때 바람이 불어와 등불이 꺼져버렸다. 그때 누군가 술시중을 들던 미녀를 끌어안았다.

왕의 사랑을 독차지하고 있던 그 미녀는 그 사람의 갓끈을 당겨 끊어 쥐고는 왕에게 말하였다.

"전하, 등불이 꺼지자 첩을 희롱하는 이가 있어, 첩이 그의 갓끈을 끊어서 쥐고 있습니다. 빨리 불을 밝혀 갓끈이 끊어진 자를 찾아 벌하여 주옵소서."

왕은 그녀에게 대답했다.

"남에게 술을 먹여서 예를 잃도록 한 책임은 그대에게도 있소.

그런데 어찌 한 번의 실수로 인해 선비를 욕되게 하라고 하시오!"

곧이어 왕은 신하에게 말했다.

"지금 나와 함께 술을 마시면서 갓끈을 끊지 않는 자는 즐겁지 않은 줄 알겠소."

이 말에 신하들은 모두 갓끈을 끊어버렸고, 비로소 그때서야 왕은 다시 불을 켜도록 했으며 잔치는 계속 이어졌다.

2년 후, 초나라에 큰 전쟁이 벌어졌는데, 한 신하가 자신의 목숨을 돌보지 않고 전쟁터에서 앞장서서 싸워 초나라는 대승을 거두게 되었다. 장왕은 그 신하를 불러서 물어 보았다.

"과인은 그대에게 남달리 잘해준 것도 없는데 어찌하여 죽음을 무릅쓰고 싸웠는고?"

"예, 지난 날 술자리에서 신이 예의를 잃고 죽을죄를 저질렀으나, 전하께서는 신의 죄를 덮어주고 죽이지 않으셨습니다. 남모르게 죄를 덮어주신 고마움을 세상이 다 알도록 하고 싶었습니다."

부하의 작은 실수를 감싸줄 줄 아는 사람은 마음이 너그럽고 관대한 사람으로 리더로서 자격이 있다. 자신의 정보다 부하를 더 아낄 줄 아는 왕으로써 용서하고 배려했기에 부하로부터 그런 응답을 받는 것이다. 인간관계는 인과법칙이 언제든지 작용한다.

오래 남는 은혜

상처의 기억이 오래 남듯 누군가가 내게 베푼 은혜 역시 오래 남는 법이다.

다음의 이야기는 러시아의 문호 알렉산드르 푸시킨의 소설 중 〈대위의 딸〉에서 나오는 이야기다.

에카테리나 여왕 시대의 러시아, 주인공 그리뇨프가 변방 요새에 장교로 부임했다. 그는 요새로 가던 중에 심한 눈보라를 만나 길을 잃게 되었다. 다행히 농부를 만나 목숨을 구할 수 있었다.

그는 고마움의 표시로 자신이 입고 있던 토끼 가죽옷을 농부에게 주었다.

훗날 이 농부는 반란군의 우두머리가 되고 요새는 반란군에

의해 함락되고 말았다. 그로 인해 요새의 장교들은 대부분 참
살되지만, 그리뇨프와 그의 애인은 목숨을 건졌다. 우연히 베푼
토끼 가죽 옷이 인연이 되어 그를 살린 것이다.

　남에게 은혜를 베풀면 반드시 그 은혜의 기운은 되돌아와 은혜를 베푼 사람에
게 돌아간다. 그리하여 그 사람의 삶을 더욱 풍요롭고 아름답게 만든다. 혹여
나 누군가에게 상처를 준 일이 있다면 빨리 다가가 사죄의 마음을 전하고 불편
한 관계를 회복시켜야 한다.

따뜻한 마음

세상에는 가는 곳마다 마음이
따뜻한 사람이 많아요.
눈길 하나에도
손길 하나에도
발길 하나에도
사랑이 가득하게 담겨 있어요.
이 따뜻함이 어떻게 생길까요?
마음속에서 이루어지지요.
행복한 마음
욕심 없는 마음
함께 나누고 싶은 마음

그 마음을 닮고
그 마음을 나누며 살고 싶어요.
그 마음은 모두 한 마음인데
그 마음 속 행복에 젖어
나는 오늘도 미소 짓네.

Part 3

용서는 이 세상을 아름답게 만든다

자신의 제자로 사칭한
소녀를 용서한 작곡가

교황시의 창시자로 불리는 헝가리의 작곡가인 프란츠 리스트가 여행 중에 독일의 어느 시골 마을에 머물게 되었다. 그런데 그 마을 극장에서 음악회가 열린다고 떠들썩했다. 그런데 그 연주회를 갖는 소녀 피아니스트가 자신의 제자라는 것이었다. 리스트는 아무리 기억을 더듬어 봐도 전혀 들어본 적이 없는 이름이어서 이상하게 생각하면서 마을 호텔에 들어갔다.

호텔 안내원은 리스트를 반갑게 맞이하며 말했다.

"선생님께서는 제자의 초청을 받아 오셨군요. 저의 호텔에서 모시게 되어 영광입니다."

얼마 안 있어 마을에 리스트가 왔다는 소문이 퍼지자 누구보다도 놀란 사람은 바로 연주회를 준비하던 소녀였다. 사실 그녀는 리스트의 제자가 아니었다. 고민을 하던 소녀는 그날 밤 리스트가 묵고 있는 호텔로 가서 문을 노크했다.

"들어오십시오. 그런데 당신은 누구시오?"

"내일 밤 연주회를 갖게 된 피아니스트입니다."

"그런데 무슨 일로 오셨나요?"

"선생님, 저를 용서해 주십시오! 저는 선생님에게 큰 죄를 지었습니다."

소녀는 리스트 앞에 엎드려 흐느껴 울었다. 까닭을 모르는 리스트는 그저 어리둥절한 표정으로 소녀를 바라보았다. 소녀는 리스트에게 자초지종을 말했다. 병든 아버지와 동생을 먹여 살리기 위해 동네를 돌아다니며 연주회를 했으나 사람들은 이름 없는 소녀의 연주를 들으려고 하지 않았다. 그리하여 소녀는 잘못인 줄 알면서도 자신은 리스트의 제자라고 거짓말을 하였던 것이다.

소녀가 울면서 하는 얘기를 다 듣고 난 리스트는 잠시 생각하더니 이렇게 말했다.

"아무 걱정 말아요. 원한다면 이 시간부터 진짜 내 제자로 받아주겠소. 가족을 먹여 살리기 위해 그렇게 헌신하는 제자를 둔다면 오히려 내가 더 영광이지요. 그리고 아직 내일 연주할 프로그램을 작성하지 않았다면 스승인 리스트와 함께 연주한다는 것도 넣어 주지 않겠소? 그리고 내일 연주회를 위해 지금 연습해 봅시다."

"선생님, 정말 고맙습니다."

소녀는 흐르는 눈물을 닦을 겨를도 없이 내일 리스트와 함께 연주할 곡을 몇 시간 동안 준비하였다.

그 다음날 연주회가 어느 때보다 성황리에 진행되었음은 두 말할 필요가 없다.

세상은 두부 한 모만큼의 사랑이 있기만 해도 많은 사람이 희망을 가질 수 있다. 어려움을 만난 사람들에게는 더 큰 사랑이 필요하다. 이 조그마한 사랑에 의해서 사람들은 자신의 인생을 즐겁게 살 수 있다. 그래서 사랑은 우리 인생에서 가장 소중한 것 중의 하나이다.

용서의 손을 내민 할머니

네덜란드의 어느 할머니는 전부터 알고 지내던 유대인을 숨겨준 일이 발각되어 온 가족과 함께 나치 독일에 끌려가 강제수용소에 수감되었다. 그곳에 머물러 있는 동안 수많은 고문을 당하였으며 옥중에서 겪은 고통은 말로 표현할 수 없었다.

전쟁이 끝난 후 끌려갔던 가족들은 다 죽고 자기 혼자만 살아남아서 고국으로 돌아왔다. 중년의 나이에 끌려간 그녀는 이제 할머니가 되어 고국으로 돌아온 것이다.

그 할머니는 유대인 수용소에서 겪은 일을 생각만 해도 치가 떨렸다. 그러나 그녀는 기독교를 믿으면서 용서하는 마음을 갖게 되었다. 원수를 사랑하고 용서하라는 성경을 읽으면서 그 잔인했던 독일인을 용서하기로 결심하였다. 그리하여 전 세계로 돌아다니면서 화해와 용서의 메시지를 전파하였다.

어느 날 베를린 인근에 있는 한 도시에서 강연을 마치고 사람들과 대화를 하고 있었다. 한 중년의 독일인이 그녀 앞에 나타나더니 인사를 한 다음 악수하려고 손을 내밀었다. 할머니는 악수하려고 손을 내밀다가 그 중년의 독일 사람을 쳐다보는 순간 심장이 멈추고 온몸이 굳어지는 것을 느꼈다. 자연히 내밀었던 손을 접었다. 그 독일인은 다름 아닌 그녀가 수용소에 있을 때 자신을 벌거벗기고 고문을 하던 바로 그 나치 독일군이었다.

"참으로 오늘 강연에 감동받았습니다. 지난날의 잘못을 용서해 주신다고 하니 감사할 뿐입니다."

그러나 그 할머니는 자신을 미워하는 사람을 용서하라고 전파하고 다니지만 막상 자신에게 말 못할 치욕과 감당하기 힘든 극한의 고통을 가한 상대를 보자 쉽게 용서의 손을 내밀 수가 없었다.

그 순간 마음속에서 '용서해야 한다. 용서하지 못하면 네가 전하는 메시지가 모두 거짓이 되고 만다.'라는 생각이 들었다. 그리하여 머뭇거리다가 무거운 손을 내밀었다. 두 사람은 화해와 용서로 손을 잡은 것이다.

그 때 그녀의 눈에는 증오의 눈빛은 사라지고 기쁨의 눈물이 흘럭다. 도저히 용서할 수 없는 사람을 용서했다는 기쁨이었다.

우리 인간은 자신에게 해를 끼친 사람을 쉽게 용서하기 어렵다. 그로 인해 받은 고통이 크면 클수록 용서하기가 더욱 어렵다. 그렇다고 계속 원한과 증오를 품고 사는 것은 우리 모두에게 아무런 이익이 되지 않는다. 용서를 해주면 상대방이 모두가 그 상처로부터 해방되고 그 아픔에서 벗어날 수 있다. 뿐만 아니라 자신도 마음속에서 겪고 있는 고통에서 벗어날 수 있다. 그러므로 용서가 인생에서 가장 소중한 것 중의 하나이다.

성경의 값어치

어느 마을의 천주교 신부에게는 소중하게 여기는 성경책 한 권이 있었다. 이 성경은 다른 성경과 달리 표지를 양가죽으로 만들었다. 따라서 매우 비싸 아무나 가질 수 없었다.

어느 날 그 마을에 사는 한 사람이 성당에 들렀다가 아무도 없는 빈 성당 단상 위에 양가죽으로 된 성경이 놓여 있는 것을 보았다. 이 사람은 그 성경책이 매우 비싼 줄을 알고 들고 나왔다.

마을에서 돌아온 신부는 그 성경책을 조금 전에 들어왔던 마을 사람이 가지고 간 것을 알았다. 신부는 그 마을 사람에게 말을 하려고 하다가 그가 도둑질에 거짓말하는 죄까지 지을까 봐 말하지 않았다. 분명 가져가지 않았다고 거짓말할 것이 분명하기 때문이다.

성경을 훔친 마을 사람은 그 성경책을 들고 가까운 곳에 있는 상점으로 갔다. 그리고 상점 주인에게 성경책을 보여 주면서 이 책이 정말로 귀하고 얼마나 비싼 것인지를 물었다. 그러자 서점 주인은 이렇게 말했다.

"나에게 이 성경책을 잠시 빌려주십시오. 그러면 그것의 값어치를 알아보겠소."

그리고는 상점 주인은 그 성경책을 들고 성당으로 신부님을 찾아갔다.

"신부님, 이 성경책이 값어치가 있는 물건인지 판단해 주십시오. 이게 정말 그렇게 귀한 것인가요?"

성경책을 본 신부는 그 성경책이 잃어버린 자신의 책인 줄 알았다. 그러나 그런 내색은 전혀 하지 않고 말했다.

"네, 이 책은 매우 훌륭한 책입니다. 매우 비싼 책입니다……."

그 말을 들은 상점 주인은 성경책을 가지고 돌아와 그 마을 사람에게 말했다.

"자, 돈을 받으시오. 이 성경책을 신부님에게 보여드렸더니 매우 좋은 책이라고 하셨습니다."

그 말을 들은 마을 사람은 깜짝 놀랐으며 가슴이 뜨끔했다. '하필 성경책의 주인인 신부에게 묻다니…….'

그래서 물었다.

"신부님께서 다른 말씀은 없으셨어요?"

"네, 전혀 다른 말은 안 했습니다."

마을 사람은 그 말을 듣고 가슴이 찔려 돈을 도로 주고 성경책을 받아서 신부님에게 찾아갔다. 그리고 눈물을 흘리면서 용서를 빌었다. 신부님은 "용서를 합니다."라고 말하면서 "하나님께도 용서해 달라고 기도합시다."라고 말하면서 그 마을 사람을 위해 기도를 해주었다.

용서는 사랑에 비례한다고 말했다. 남을 얼마만큼 사랑하느냐에 따라서 용서도 할 수 있다는 뜻이다. 사랑이 없으면 용서가 불가능하다. 사랑하는 마음이 있을 때 용서할 수 있는 마음도 생긴다.

쿠키와 재크 나이프

여름 캠프에 참가했던 한 꼬마가 집에서 어머니로부터 부쳐준 쿠키 한 상자를 받았다. 아이는 쿠키를 조금만 먹고 나머지는 침대 밑에 숨겨 놓았다. 그런데 다음날 점심을 먹고 돌아와 보니 쿠키가 없어졌다.

그 소년은 인솔교사에게 그 사실을 말했다. 그런데 그 교사는 한 꼬마가 나무 뒤에 숨어서 쿠키를 먹는 것을 보았다. 그래서 그 꼬마가 쿠키를 훔쳐 먹었다는 것을 알았다.

인솔교사는 쿠키를 잃어버린 꼬마에게 말했다.

"빌리야, 나와 함께 한 소년을 바른 길로 인도해 보지 않을래?"

인솔교사의 뜻밖의 말에 어리둥절해진 꼬마는 말했다.

"그 아이는 도둑이잖아요? 처벌을 받아야지요?"

"처벌은 그 아이가 오히려 나와 너를 미워하게 만든단다. 그러니 그러지 말고 내 말대로 해봐라. 우선 엄마에게 전화해서 쿠키한 상자를 더 보내달라고 해라."

꼬마는 교사의 말대로 엄마에게 전화를 걸었고, 엄마는 맛있는 쿠키를 한 상자 보냈다.

교사는 빌리를 불러서 말했다.

"네 쿠키를 훔친 소년이 지금 저 호숫가에 있는데, 네가 거기 가서 쿠키를 나눠주지 않을래?"

이 말에 빌리는 인솔교사의 마음을 이해하지 못하여 반문했다.

"저 아이는 도둑이잖아요? 그런데 왜 도둑에게 또 쿠키를 주라고 하는 거지요?"

"그래, 그렇지만 내가 하라는 대로 해봐라. 그리고 무슨 일이 일어나는지 보자꾸나."

반 시간이 지나서 두 아이가 어깨동무를 하고 내려오는 것이 보였다. 그들은 서로 화해한 것이다.

그 소년은 쿠키를 훔쳤던 것을 사과하는 뜻으로 자기가 가지고 있던 재크나이프를 빌리에게 선물로 주려고 했고, 빌리는 그 아이가 도둑이라는 것도 잊어버리고 쿠키 하나가 별것도 아니라고 하면서 새 친구의 선물을 거절하고 있었다.

　잘못을 저질렀으면 당연히 벌을 받아야 한다고 생각하는 것이 보통 사람들의
상식이다. 그러나 그 잘못을 이해하고 용서를 할 수 있는 마음은 상식을 뛰어넘는
생각이므로 누구나 쉽게 할 수 없다. 사랑으로 상식을 초월하여 잘못을 용서할
때 잘못을 저지른 사람은 잘못을 회개하고 더 큰 사람으로 발전하는 것이다.

노란 손수건

　플로리다 주에서 유명한 포트로더데일리라는 곳으로 가는 버스는 항상 만원이었다. 그 날도 버스는 만원이었다. 승객이 모두 승차하자 버스는 곧 출발했다. 황금빛 모래밭과 잘게 부서지는 하얀 파도를 보면서 승객들은 아름다운 경치에 탄성을 질렀다. 버스가 뉴저지를 지나갈 무렵에는 웃고 떠들던 승객들도 조용히 앉아 있었다.

　그런데 버스 앞자리에 허름한 옷차림의 한 남성이 말없이 앞만 바라보고 있었다. 얼굴에는 먼지가 뿌옇게 묻어서 나이를 알아볼 수 없을 정도였다. 뒤에 앉아 있는 젊은 세 쌍들은 무엇이 즐거운지 재잘거리며 떠들어대고 있었으나 그 남자는 아랑곳하지 않고 묵묵히 앉아서 뒤에서 떠들어대는 젊은이들에게는 눈길 한 번 주지 않고 앞만 바라보고 있었다.

그렇게 달리던 버스가 워싱턴 교외의 어떤 음식점 앞에 섰다. 승객들이 저녁 식사를 하기 위해서이다.

식사를 마치자 승객들이 다 올라탄 것을 확인한 버스는 다시 출발하였다.

그 때 허름하게 입은 말없는 젊은 사람 옆에 앉아 있던 여자가 그 사람에게 말을 걸었다.

"우리는 플로리다로 가는 길인데 그곳의 경치가 그렇게 멋지다면서요?"

그러자 그가 가라앉은 목소리로 대답했다.

"그렇지요."

순간 그의 눈에는 우수의 그림자 같은 것이 어렸다. 잃어버렸던 옛 기억이 떠오르는 모양 같았다.

아침이 되자 밤새 달려온 버스가 다시 음식점 앞에 섰다. 이번에는 그 사나이도 승객들을 따라 내렸다. 어젯밤 그에게 말을 걸었던 여자가 그에게 다가와 함께 식사를 하자고 하였다. 그는 수줍은 표정으로 고개를 끄덕인 후 아침식사를 함께 했다.

식사를 끝낸 승객들이 모두 버스에 오르자 식사를 함께 했던 여자 분이 그의 옆에 앉게 되었다. 얼마를 가는 동안 이야기를 하게 되면서 그 사내는 여자에게 자신에 관한 이야기를 하게 되었다.

"나는 지금 교도소에서 나와 집으로 가는 길입니다."

그러자 여자가 물었다.

"그러면 부인이 마중 나오겠네요."

"모르겠어요."

"모르겠다니요?"

그러자 그 사내는 자초지종을 말했다.

"내가 교도소에 들어갔을 때 나는 아내에게 오랫동안 집에 갈 수 없을 테니 나를 기다릴 수 없거나 사는 것이 힘들어서 재혼을 해야 되겠다고 생각하면 마음대로 하라고 편지를 썼습니다. 그리고 답장은 하지 않아도 상관없다고 했지요. 그리고 나서 아내는 편지 한 통이 없었습니다. 3년이 지나도록……."

"그런데 지금 집으로 돌아가는 길이란 말이지요. 무슨 일이 일어났는지도 모르면서 말입니다."

"그렇소."

얼굴이 붉어진 그 사내는 한숨을 푹 쉬더니 다시 말을 이었다.

"사실은 가석방 결정이 확실하다고 교도관으로부터 소식을 들고 다시 아내에게 편지를 썼소. 옛날에 우리 부부는 부런스위크라는 곳에 살았는데, 그 마을 입구에 커다란 참나무가 서 있어요. 나는 편지에 만일 나를 용서하고 다시 받아들일 생각이 있다면 그 참나무에 노란 손수건을 달아놓으라고 했습니다. 하지만 노란 손수건이 걸려 있지 않으면 나는 그곳에 내리지 않고 그냥 지날 작정입니다. 만일 재혼을 했거나 받아들일 생각이 없다면 나도 모든 것을 잊겠다고 했어요."

두 사람의 이야기를 버스 안에 있던 승객들 모두가 듣고 있었다.

그렇게 이야기하는 사이 버스는 부런스위크가 20여 마일밖에 남지 않았다는 이정표가 버스 창문으로 보였다. 그러자 버스 승객 모두들 창문 옆에 바싹 붙어 앉아서 그 사나이가 말한 그 커다란 참나무가 나타나기를 조마조마한 마음으로 기다렸다.

사내는 조용히 앉아 있었다. 흥분한 표정도 보이지 않았고, 그렇다고 고개를 돌려 창밖을 내다보지도 않았다. 그러나 그의 얼굴에는 긴장감이 역력했다.

마을까지 거리는 점점 좁아지기 시작했다. 20마일에서 10마일, 그리고 5마일로 점점 가까워졌다.

찬물을 끼얹은 듯 버스 안은 조용했다. 모두들 말 한마디 하지 않고 긴장된 눈으로 창밖을 내다보고 있었다.

그때였다. 갑자기 젊은이들의 "와!"하는 함성이 터졌다. 자리에 앉아 있던 승객들 모두 자리를 박차고 일어나 창밖을 바라보았다.

참나무에는 커다란 노란 손수건의 물결이 뒤덮여 있었다. 20개 아니 30개인지 헤아릴 수 없을 만큼 많은 노란 손수건이 바람에 휘날리고 있었다.

승객들 모두 일어서서 박수를 치고 환호를 하는 동안 그 전과자 사나이는 자리에서 일어나 천천히 버스 문을 향해 걸어가고 있었다.

사랑의 극치는 용서라고 한다. 용서하는 것처럼 세상에 아름답고 귀한 것은 없다. 잘못된 과거를 이해하고 용서하는 마음이야말로 세상에 무엇보다도 귀하고 아름답다. 사랑이 있는 곳에 용서가 있고, 평화가 있다. 그러므로 용서는 인생에서 가장 소중한 것 중의 하나이다.

진정으로 사랑하는 방법

미국 맨해튼에서 행복하게 살던 한 가정의 가장이 변을 당해 죽었다. 그는 만일을 대비해서 생명보험에 가입했다. 가장이 죽자 생명보험회사에서 보험금 1만 달러가 지급되었다. 당시 1만 달러는 큰돈이었다. 어머니는 그 돈으로 뉴욕의 빈민가를 벗어나 정원이 있는 집을 사서 이사를 가자고 제안했으며, 학업성적이 우수하고 의과대학을 희망하던 딸은 그 돈으로 의과대학에 들어가려고 했다.

그런데 그 때 마침 아들이 친구와 함께 집으로 와서 그들이 모두 반길 수 있는 제안을 했다. 즉 아들의 친구가 그 돈을 주면 그 돈으로 사업을 하여 6개월 안에 가족들 모두가 바라는 일을 단번에 해결할 수 있는 거금을 만들어 주겠다고 하였다.

어머니는 아들 친구의 말을 그대로 믿을 수 없어서 결정을 하지 않고 아들에게 돈을 주면서 "네가 결정하라."고 위임했다. 아들은 친구에게 그 돈을 한 푼도 남김없이 모두 주었다.

그런데 믿었던 아들의 친구는 그 후 소식 하나 없이 잠적하고 말았다. 그 돈을 가지고 도망친 것이다.

이들 가족들은 억울하고 분했지만 별다른 방법이 없었다. 그때부터 가족 간에 갈등과 분쟁이 시작했다.

누구보다도 화를 내는 사람은 의과대학 진학의 꿈을 꾸고 있던 딸이었다. 그녀는 오빠를 원망하기 시작했다. 원망하는 횟수가 점차 많아졌다.

그렇게 세월이 얼마 지난 후 딸이 이제 원망도 지칠 무렵 어느 날 어머니가 딸에게 말했다.

"오빠를 이해하고 사랑해라."

"오빠를 사랑하라고요? 오빠는 사랑받을 가치가 없어요."

"너는 오빠를 위해 눈물을 흘려본 적이 있느냐? 친구에게 사기 당하고 누구보다도 더욱 속상해하는 오빠를 이해하고 눈물을 흘려본 적이 있느냐 말이다."

딸은 어머니의 말에 아무런 대꾸도 하지 않았다. 그러나 아직 오빠에 대한 원망이 풀린 것은 아니었다.

"너는 사람을 사랑할 때가 언제라고 생각하니? 일이 잘 풀려서 네가 원하는 것을 들어줄 때라고 생각하니?"

"……."

어머니는 딸의 눈을 바라보면서 분명한 목소리로 말을 이어갔다.

"만일 그렇다면 너는 사랑하는 법을 아직 모르고 있는 것이다. 그런 사랑은 진정한 사랑이 아니다."

"네, 알겠어요."

딸의 마음이 움직이기 시작하면서 눈물이 고였다.

"진정한 사랑은 상대방이 어려움 속에 처해 있을 때 보여주는 것이란다."

"네, 어머니 잘못했어요."

두 모녀는 부둥켜안고 울었다. 그 때 그 광경을 목격한 오빠가 다가왔다.

"오빠, 날 용서해. 어머니의 말이 맞아. 이럴 때일수록 오빠를 더 사랑해야 되는데……."

오빠는 누이동생의 등을 다독거리면서 말했다.

"내가 잘못해서 그러는데 뭘……. 네가 용서한다니 고맙다."

이들은 어머니의 말씀을 깊이 새겼다. 5년 후 그들은 맨해튼에서 손꼽히는 부자가 되었다.

여동생 니나는 꿈꾸던 의사가 되었고, 이들 가족은 어머니가 그토록 바라던 뉴욕 할렘 가를 떠나 부자들이 사는 마을로 이사를 가서 여유로운 삶을 누리고 있다.

혹시 당신이 힘들어 하고 있어 세상의 좋지 않은 일들이 항상 주위에 있다고 느껴지고, 왜 자신이 존재하는지 그 이유에 대해서 확신이 없는가? 그렇다면 당신을 위해 기도하는 부모와 친구가 있다는 것을 기억하라. 그러면 새로운 용기가 생길 것이다.

동료들을 위해 죽음의 미사를 드리기까지

　막시밀리언 콜베 신부는 자신이 설립한 폴란드의 한 수도원에서 복무하다가 나치 독일군에 의해 체포되어 포로수용소에 갇힌 몸이 되었다.

　그러나 그의 인격과 신앙은 포로수용소에서도 빛을 발휘해 모든 수용자들로부터 존경을 받았다. 나이 많은 그는 혹독한 고문으로 몸이 점차 쇠약해져서 결국 병든 환자들만 별도로 수용하는 병동으로 이송되었다. 그러나 굳은 의지와 신앙으로 얼마 후 몸이 회복되자 존경받는 인사라고 해서 14호실로 옮겨졌다.

　그런데 콜베 신부와 함께 14호실에 수감되어 있는 포로 한 명이 탈출하는 사건이 일어났다. 그러자 나치 독일군들은 14호실 감방에 갇혀 있던 콜베 신부를 비롯해서 모든 포로들을 햇볕이 내리쬐는 마당에 세워놓고 도망간 포로가 돌아오기를 기다렸다. 밤이 되어도 포로가 돌아오지 않자 포로가 돌아올 때까지 매일 한 사람씩 '죽음의 방'으로 보내겠다고 했다.

'죽음의 방'은 1주일 동안 식사는 물론 물 한 모금 주지 않고 죽을 때까지 기다렸다가 죽으면 끌어내는 감방이었다. 굶겨 죽이는 곳이었다. 따라서 포로들은 그곳에 들어가면 며칠을 못 넘기고 시체가 되어서 나왔다.

그날 밤 한 포로는 소리를 내어 울면서 말했다.

"나는 부인과 아이들이 고향에서 기다리고 있어요. 이렇게 죽을 수가 없어요."

어느 누구도 그를 위로할 수가 없었다. 죽음의 공포가 감방 안을 뒤덮고 있었을 뿐이다.

그 다음날 날이 밝자 나치 독일군은 제일 먼저 어젯밤에 그렇게 울던 그 포로를 끌어내어 죽음의 방으로 끌고 가려고 하였다. 그때 콜베 신부가 나서서 자신이 대신 가겠다고 했다. 그리하여 콜베 신부는 그 포로를 대신하여 죽음의 방으로 끌려갔으나 물 한 모금도 마시지 않고 1주일을 버티어 살아 돌아왔다. 그는 동료 포로들에게 말했다.

"하나님이 나로 하여금 죽은 포로들을 위해 미사를 드리도록 하기 위해 나를 살려주셨습니다."

콜베 신부는 그렇게 감방에 갇혀 있던 포로 10명 중 9명이 다 죽음의 방에서 시체로 돌아올 때까지 살아서 죽은 자들을 위해 미사를 드렸다. 오직 굳은 의지와 신앙 때문에 그토록 혹독한 상황을 이겨낸 것이다. 그러자 악독한 나치 독일군은 마지막까지 살아남은 콜베 신부를 독극물을 마시게 하여 죽였다. 그는 독극물을 마시기 전에 마지막으로 기도를 하였다.

"저들이 죄를 알지 못하고 저지르오니 용서하여 주십시오."

이 기도문은 예수가 십자가에서 죽기 전에 한 기도문이었다.

막시밀리언 콜베 신부는 1969년 그의 순교 사실이 확인되어 로마 교황청으로부터 성자(聖者)로 임명되었다.

콜베 신부는 인간의 의지나 신앙이 얼마나 강한가를 극명하게 보여주었다. 어떤 혹독한 상황에서도 굳센 의지나 신념 또는 신앙이 있으면 얼마든지 극복할 수 있다는 것을 보여주었다. 그리고 콜베 신부는 자신을 죽이는 독일군을 위해 용서한다고 기도함으로써 원수를 사랑하는 예수 그리스도의 사랑을 실천한 것이다.

사랑하면 모두가 아름답게 보인다

나는 어떤 젊은 여자가 누워 있는 침대 옆에 서 있었다. 그녀는 막 수술을 끝냈기 때문에 입술은 마비된 상태로 뒤틀려 있었고, 그 모습이 약간 우스꽝스럽기까지 했다. 입술 근육과 이어져 있는 안면 신경의 작은 줄기 하나가 수술로 절단되었기 때문이다. 앞으로 그녀는 계속 이렇게 살아야 한다.

한 외과 의사가 그녀의 얼굴에서 만곡 부분을 수술했다. 그는 정말 최선을 다해 수술했다. 그렇지만 그녀의 뺨에 종양을 제거하기 위하여 다시 또 하나의 작은 신경을 제거해야 했다. 그녀의 남편은 맞은편에 서 있었다. 나도 몰랐는데 밤새 같이 있었던 모양이다.

그 모습을 보며 나는 속으로 '수술로 뒤틀린 입술을 가지게 된 아내를 저 남편은 어떻게 저토록 부드럽게 열정적으로 바라보며 어루만져 주고 있을까?'라고 생각했다.

"저는 계속 이런 상태로 지내야 하나요?"

그녀가 말했다.

"네, 입술 신경이 제거되어 그렇습니다."

나의 말에 그녀는 고개를 끄덕였고, 더 이상 말을 하지 않았다. 이때 젊은 남편이 웃으며 말했다.

"여보, 입술이 귀여워져서 좋네요."

그 순간 나는 남편의 됨됨이를 알았다. 수술로 뒤틀린 아내를 사랑스럽게 바라볼 수 있는 그를 이해하게 되자 나는 부끄러운 마음이 들었다.

남편은 내가 옆에 있다는 것을 개의치 않고 허리를 굽혀 그녀의 입술에 자신의 입술을 맞췄다. 그는 여전히 입맞춤을 할 수 있다는 것을 보여주기 위하여 자신의 입술을 뒤틀려진 아내의 입술에 맞춘 것이다.

사랑은 인간에게 자신을 잊고 사는 법을 가르치며 그 결과 인간을 고통에서 구해낸다. 생활이 고통스럽고 사람대하기가 꺼려질 때 당신 자신에게 이렇게 말하라. "나와 더불어 살아가는 사람을 사랑하자."고.

지금까지 시도해보지 않은 것

어느 고등학교에서 일어난 일이다. 그 학교 학생 중에 말썽을 부려 담임 선생님은 물론 선생님들을 괴롭히는 학생이 있었고 그 학생은 무단결석을 밥 먹듯이 했으며, 때로는 다른 학생들을 괴롭혀 학부모들로부터 원성을 사기도 했다.

그런데 그런 막무가내 학생에게 친구 한 사람이 있었다. 다른 학생들은 그를 멀리 하고 상대를 하지 않으려 했으나 그 친구만은 그 학생을 믿었다.

"마음씨가 착한 아이야. 언젠가는 반드시 우리와 같은 정상적인 생활을 하고 학생의 본분을 찾을 거야."

하지만 친구의 믿음과는 달리 이번에는 큰 사건을 저질렀다. 그는 다른 학생의 돈을 빼앗은 것이다. 그 학부모로부터 거센 항의를 받은 학교는 이제 더 이상 어떻게 할 도리가 없었다. 그리하여 퇴학밖에 다른 길이 없어 반 전체를 모아놓고 담임 선생님은 그 학생에게 최후통첩을 했다.

"더 이상 할 수 있는 게 없다. 너를 위해서 할 수 있는 방법은 다 했으나 너의 그 나쁜 버릇은 고칠 수 없구나. 이제 퇴학뿐이다. 학생부에서 결정을 했으니 나로서는 어쩔 수 없구나."

이 때 "선생님!" 하고 선생님을 부르는 소리가 교실 한 구석에서 들렸다. 모두들 고개를 돌려 소리가 나는 쪽을 봤다. 다름 아닌 그 학생의 친구였다.

"선생님, 저 친구를 위해서 선생님이 애쓰신 것을 잘 알고 있습니다. 저 친구를 위해서 선생님은 모든 방법을 다 했다고 했으나 한 가지 안 한 것이 있습니다."

차분하면서 조용한 목소리에는 단호함이 들어 있었다. 그러자 담임 선생님이 물었다.

"시도하지 않은 방법이 있다고……. 그것이 뭔지 한 번 들어나 보자."

교실 안은 숨소리가 들릴 정도로 조용했다. 그리고 선생님을 비롯하여 반 전체 학생들의 귀와 신경은 온통 그 친구를 향했다. 친구는 조용히 일어섰다. 그리고는 말했다.

"용서입니다!"

담임 선생님은 그 소리를 듣자 아무런 말없이 조용히, 그러나 고개를 숙이고 무엇인가 한참 생각하는 것 같았다. 마침내 담임 선생님은 학생부를 찾아가서 자신이 책임지겠다고 말하고 선처를 부탁하였다.

그 후, 그 학생은 더 이상 문제를 일으키지 않았다. 친구의 믿음대로 정상적인 생활을 하였다.

표면적인 조건으로 사람을 만나고 사람을 평가하는 것이 아니라 내면으로 만나고 마음으로 사귀고 보이지 않는 부분을 사랑했으면 좋겠다. 내가 더 마음의 상처를 입었더라도 먼저 용서하고 마음을 열고 다가가는 자세를 갖추었으면 이 세상은 한층 밝아질 것이다.

따뜻한 사람이 많기에

기쁨보다 아픔이 많고

번뇌와 고난이 많은 이 세상이다.

참고 인내하지 않으면

서로 이별이 많은 세상인 듯하다.

우리가 살아가는 이 한 세상

생각하면 한숨만 절로 나오는 이 세상

하지만 아직은 따뜻한 사람이 많기에

살아볼 만한 세상이 아닌가싶다.

진정 나 자신부터 마음 따뜻한 사람이 되어

이 세상 어떠한 것도 감싸안을 수 있는

우주와 같은 넓은 마음이 되어야겠다.

용서는 사랑의 완성이다

용서한다는 것은

무척 어려운 일이다.

그러나 세상에서 가장 훌륭한 사랑은

용서하는 것이라고 한다.

나를 해롭게 하는 사람을 용서하는 것만큼

참된 사랑은 없다고 한다.

그리고 용서는 사랑의 완성이라고 생각한다.

사람들은 상대방으로부터 상처를 받았을 때

어떻게 보복할 것인가를 생각한다.

하지만 보복은 보복을 낳는 법이다.

확실히 상대방을 보복하는 방법은

그것을 용서하는 것이다.

 한 사람을 완전히 이해한다는 것은

쉬운 일이 아니다.

그 사람을 완전히 이해하기 위해서는

그의 처지가 되어 살아보아야 하고

그 사람의 마음속 아니 꿈속에까지

들어가 봐야 할 것이다.

우리는 늘 누군가에게 상처를 주고

누군가로부터 상처를 받으며 살아간다.

설령 상처를 받았다 할지라도

상대방의 실수를 용서해주세요.

나도 남에게 상처를 줄 수 있으니까요.

Part 4

우정은 이 세상에 활력을 불어넣어 준다

친구를 대신해 벌을 받다

　그곳은 교실이 하나밖에 없는 산골의 학교였다. 그 학교는 부랑 아를 감시하고 교육시키는 특수학교이다. 따라서 조금만 잘못하 면 가차없이 무서운 형벌이 내려졌다.

　어느 날 한 학생의 도시락이 없어졌다. 주기적으로 도시락 하나 가 없어지는 일이 벌어졌다. 학교에서 무언가 과감한 조처를 할 필 요를 느꼈다.

　그렇게 점심 시간이 끝나자 교사는 젤리 제인의 도시락이 없어 진 일로 학생들을 소집했다. 그리고 무서운 위협과 추궁이 끝나자 한 구석에서 흐느끼는 소리가 들렸다.

　그는 다른 아이들보다 몸집이 유난히 작은 빌리였다. 그 아이는 제대로 먹지 못해 야윌 대로 야윈 작은 소년이었다. 그 아이의 가족은 산속에서 살며 가장 가난했다.

"네가 젤리의 도시락을 가져갔니?"

"네, 선생님, 너무 배가 고파서요."

빌리가 눈물을 흘리며 웅얼거렸다.

"이유가 무엇이건 넌 도둑질을 했다. 도둑질을 했을 때의 벌은 알지? 너는 벌을 받아야 해!"

교사는 벽에 걸려 있는 가죽 채찍을 내리고 벌벌 떨고 있는 빌리에게 앞으로 나와 셔츠를 벗으라고 명령했다. 아이의 셔츠는 그나마 있어야 할 단추도 없이 핀으로 여며져 있었다. 아이가 옷을 벗자 아이의 어린 몰골이 그대로 드러났다. 아이의 갈비뼈를 하나하나 셀 정도였다. 교사가 어린 소년 위로 팔을 힘껏 치켜올려 때리려고 하는 순간이었다.

"잠깐만요. 선생님!" 하는 목쉰 외침이 교실 뒤쪽에서 들려왔다. 짐이었다. 그 아이는 앞으로 걸어 나오면서 셔츠를 벗었다. 그리고 교사의 눈을 똑바로 쳐다보고 말했다.

"제가 대신 벌을 받겠습니다."

교사는 멈칫거렸다. 그러나 반드시 잘못한 사람은 벌을 받는다는 사실을 보여주어야 한다고 생각하여 짐의 제의를 동의하고 그

가죽채찍을 내리쳤다. 힘이 세고 덩치가 큰 소년도 움찔거리며 고통으로 눈물을 흘렸다. 빌리는 짐의 고마운 마음을 결코 잊지 않겠다고 다짐했다.

진정한 친구는 슬픔을 반으로 줄이고, 기쁨을 두 배로 누릴 수 있는 우정을 보여 주는 친구이다. 그러면 그 기쁨은 일곱 배로 돌아올 것이다. B.C. 포브스의 말이다. 친구의 기쁨은 함께 하기가 쉽지만 슬픔이나 힘든 일은 나누기가 힘들다. 왜냐하면 그만한 고통이 따르기 때문이다. 그러나 진정한 우정은 우리로 하여금 세상을 힘차게 살아갈 수 있는 활력소가 된다. 그러므로 인생에서 무엇보다도 소중한 것은 우정이다.

기도하는 손

헝가리의 알베르트는 친구 한 명과 같이 살았다. 그러나 두 사람은 미술 공부를 하면서 아르바이트로 돈을 약간씩 벌었는데, 그걸로 생계를 유지하기에는 너무나 벅찼다. 그래서 알베르트는 한 가지 제안을 했다. 친구가 공부할 때는 자신이 돈을 벌고, 친구가 공부를 마치면 자신이 공부할 수 있도록 지원하는 것이었다. 친구는 제안에 기꺼이 탄성하고 자신이 먼저 일하겠다고 고집을 부렸다. 계획은 실행되었고, 머지않아 알베르트는 숙련된 화가이자 조각가가 되었다.

어느 날 집으로 돌아온 알베르트는 친구가 미술공부를 하도록 생계를 책임지겠다고 선언했다. 그러나 친구의 손은 힘든 노동으로 많이 상해 있었다. 자신이 미술공부를 할 수 있도록 돈을 벌다가 손이 저토록 흉하게 된 것이다. 더 이상 붓을 잡고 그림을 그릴 수가 없었다. 예술가로서 그의 삶은 끝난 것이었다. 알베르드는 친구가 겪고 있는 절망에 몹시 슬퍼했다.

그러던 알베르트는 어느 날 친구의 기도 소리를 들었다. 그리고 문틈으로 경건히 기도를 올리고 있는 그의 손을 보게 되었다. 순간 알베르트는 너무나 벅찬 감동을 느꼈다.

알베르트는 그의 기도하는 손을 그려야겠다고 다짐했다.

'아, 저 손을 그리자! 그래서 온 세상에 나의 감사하는 마음을 그림으로 담아 알리자.'

친구의 잃어버린 감각은 되찾을 수 없지만, 그림으로 친구의 희생에 대한 존경과 사랑을 표현하겠다고 다짐했던 것이다. 또한 많은 사람들이 이 그림을 보면 누군가의 희생과 나눔에 감사하는 마음이 떠오를 거라고 생각했다.

우애와 감사를 나타내는 그림 '기도하는 손'은 이렇게 하여 세상에 알려지게 되었다. 참으로 감동을 주는 우정이 아닐 수 없다.

뜻을 같이 하여 위대한 것에 공동 목표를 정하고 서로 일깨워 주고 자극을 주고 격려하면서 부단히 서로의 발전을 도모해 나가는 친구라면 더 바랄 것이 없는 친구이다. 친구에 대한 진정한 사랑은 친구를 살릴 수 있다. 그리고 친구에 대한 사랑만큼 소중한 것은 없다. 그러므로 우정이 인생의 가장 소중한 것 중의 하나이다.

우정의 표상, 밀레와 그의 친구

밀레가 젊었을 때의 이야기다. 밀레는 파리 근교의 깊은 숲 속에 자리잡은 농촌에서 농민 화가로 그림을 그리며 생계를 꾸려가고 있었다.

그 당시 밀레는 아직 화가로서 초년생이라 그의 그림이 팔리지 않아 흙바닥의 넓은 화실에서 난로 하나 없이 그와 그의 부인과 아이들이 같이 살면서 춥고 배고픈 생활을 하고 있었다. 난로에 지필 땔감도 없어서 식구들이 차디찬 냉방에서 등을 맞대고 서로의 체온으로 추위를 이겨내고 있는 형편이었다.

그 때 한창 인기를 끌고 있던 그의 친구인 루소가 찾아왔다. 루소는 따스한 곳이라고는 하나도 없는 차디찬 화실을 둘러보고는 무엇을 생각했는지 밀레의 여러 작품 중에서 〈접목하는 사나이〉를 가리키며 말했다.

"아, 이 그림은 정말 걸작인데, 내 친구 한 사람이 자네의 그림을 사겠다고 하는데 이 그림을 팔지 않겠나?"

밀레는 친한 친구의 부탁이라 흔쾌히 허락했다. 루소는 그림을 한참 보다가 밀레에게 말했다.

"그럼 이것이 그림 대금인데, 친구가 나에게 이 돈으로 사오라고 하는데 얼마 안 되지만 날 봐서 팔면 안 되겠나?"

밀레는 말없이 고개를 끄덕이자 루소는 그림을 집어 들고 밀레의 집을 나섰다.

루소를 배웅하고 화실에 돌아온 밀레는 루소가 주고 간 봉투를 뜯어보고는 매우 놀랐다. 거기에는 놀랍게도 500프랑이라는 거금이 들어 있었다. 그 돈이면 밀레 가족들이 충분히 겨울을 따뜻하게 보낼 수 있는 돈이었다. 오랜만에 밀레 가족은 즐거운 저녁을 보냈다.

그로부터 몇 년이 지난 후 밀레는 루소의 집을 방문하게 되었다. 그런데 응접실에 발을 들여 놓은 밀레는 벽에 걸려 있는 자신의 작품 〈접목하는 사나이〉를 보고 놀라움을 금치 못했다.

"아, 이 그림이 어떻게 여기 걸려 있는가?"

루소는 조용히 웃으면서 미소로 답해 주었다. 밀레는 루소의 깊은 우정에 감격해서 눈물을 흘렸다.

　루소는 자기 돈으로 사면서 밀레에게 부담도 주지 않고 자존심
도 살려주려고 다른 사람의 이름으로 샀던 것이다.

　영국의 철학자 베이컨은 친구가 없는 세상은 황야와 같다고 했다. 친구가 없
는 세상은 나무도, 풀 한 포기도 없는 넓은 황야에서 사는 것과 마찬가지이다.
친구는 우리가 이 험난한 세상을 힘차게 살아갈 수 있도록 삶에 활력을 불어
넣어주는 소중한 존재이다.

참된 친구

독일의 초대 총리였던 비스마르크는 젊은 시절에 사냥을 좋아했다. 그는 사냥을 갈 때마다 혼자 가지 않고 친구와 함께 갔다.

어느 날 그날도 역시 친구와 함께 사냥을 가서 산길을 오르내리면서 짐승을 쫓아다니고 있었다. 그런데 함께 갔던 친구 하나가 그만 발을 잘못 디뎌서 늪에 빠지고 말았다. 늪에 빠진 친구는 빠져나오려고 허우적거렸지만 그럴수록 친구는 점점 더 수렁으로 빠져들어가고 있었다.

비스마르크는 친구를 끄집어내려고 총대를 내밀었으나 총대가 닿지 않아 발만 동동 굴렀다. 늪에 빠진 친구는 빨리 끄집어 내달라고 소리치고 있었다.

그러나 비스마르크는 방법이 없었다. 친구는 다시 비스마르크에게 소리쳤다.

"빨리 끄집어 내주지 않고 뭘 해!"

비스마르크는 잠시 무엇을 생각하더니 갑자기 손에 쥐고 있던 총을 치켜들고 총구를 늪에 빠진 친구를 향해 겨누었다. 그러자 놀란 친구가 소리쳤다.

"아니, 무슨 짓을 하는 거야? 나를 죽이려고 하는 거야?"

"자네를 살리기 위해 손을 내밀었다가는 나까지 빠져 죽을 것 같아. 그렇다고 자네가 늪에 빠져서 허우적거리며 죽는 꼴은 볼 수 없으니 차라리 편안하게 죽는 것이 좋을 것 같아 자네를 총으로 쏠 수밖에 없네."

비스마르크는 정말로 총에 실탄을 넣어 쏠 것 같았다.

그러자 늪에 빠진 친구는 비스마르크의 총에 안 맞으려고 필사적으로 허우적거렸다. 그렇게 젖 먹은 힘까지 다 쏟아 허우적거리자 그 바람에 늪가로 조금씩 옮겨 가게 되었고, 마침내 늪에서 빠져 나올 수 있었다.

그때서야 비스마르크는 손을 내밀어 친구를 끌어당겨 늪에서 나오게 했다. 그리고는 친구에게 말했다.

"오해하지 말게. 조금 전에 자네를 겨눈 것은 자네의 머리통이 아니라 자네의 분발심이었네."

　　참된 친구란 친구가 절망에 빠졌을 때 그것을 이길 수 있는 힘을 준다. 그리고 친구가 그 절망을 헤쳐나가 희망을 갖도록 용기를 북돋아준다. 참된 친구란 서로 의지할 수 있고, 서로 흉금을 털어놓을 수 있으며 끝까지 신의를 지킬 수 있는 친구가 참된 친구이다. 그리고 무엇보다도 서로 어려울 때 도울 수 있는 친구가 참된 친구이다.

의리를 잊지 않은 참된 친구

　　옛날 로마시대에 시라큐스라는 왕이 있었다. 장군 피시어스는 포악한 왕을 암살하려는 음모를 꾸몄다가 발각되어 사형선고를 받았다. 장군 피시어스는 효자였고 어머니가 그 곳에서 멀리 떨어진 그의 고향에 살고 있었다.

　　사형집행 전 시라큐스 왕은 그에게 마지막 소원이 있으면 말해 보라고 하였다. 그러자 그는 어머님을 한 번 뵙고 작별 인사를 하러 고향에 다녀올 수 있게 해 달라고 애원했다.

　　그러자 포악한 그 왕은 피시어스가 도망을 치려고 속임수를 쓴다고 그 말을 믿지 않으려고 했다. 그 때 그 소식을 들은 그의 절친한 친구인 데이먼이 왕에게 달려와서 무릎을 꿇고 간청했다.

　　"내 친구 피시어스는 중죄를 지었지만 의리 있는 친구입니다. 그를 못 믿으시면 저를 대신 옥에 가두고 친구를 고향에 보내주십시오."

포악한 왕은 그의 청을 들어주었다. 그러면서 만약 약속한 날짜에 돌아오지 않으면 친구를 대신해서 죽이겠다고 말했다. 그리고는 친구를 옥에 가두고 피시어스를 고향에 보냈다.

시간이 흘러 약속한 날짜가 돌아왔다. 그러나 친구 피시어스는 나타나지 않았다. 사형집행 시간이 되자 주위에 많은 사람들이 모여들었다. 어떤 사람은 데이먼을 가리켜 바보 같은 사람이라고 비웃었다. 친구를 믿는 것이 바보였다는 것이었다.

그러나 데이먼은 조금도 친구를 원망하거나 욕하지 않았다. 오히려 확고하게 믿었다.

"피시어스에게 피치 못할 사정이 있어 못 오는 것이므로 내가 대신 죽어도 나는 그 친구를 원망하지 않겠소. 그러나 그는 특별한 일이 안 생겼으면 분명히 올 것이오."

이윽고 사형집행을 알리는 세 번째 북이 울리는 순간 먼 곳에서 달려오는 사람이 보였다. 헐떡거리며 달려오는 사람은 바로 피시어스였다. 그는 약속을 지킨 것이었다. 어머니에게 인사를 하고 돌아오는 도중 갑자기 폭우가 쏟아져 강을 건널 수가 없었던 것이다. 이틀 만에 강에 물이 빠지자 온 힘을 다해 달려왔던 것이다.

이 광경을 목격한 그 포악한 왕도 두 사람의 우정에 감동하여 피시어스와 그의 친구도 석방하였다.

우정을 나타내는 사자성어 몇 가지가 있다. 어릴 적부터의 친구는 죽마고우, 떨어질 수 없는 친밀한 친구를 수어지교, 우정이 견고한 친교를 금석지교, 서로 거리낌이 없는 친구를 막역지교, 매우 다정하고 허물이 없는 친구를 관포지교, 마음이 변치 않을 만큼 신의가 있는 친구를 문경지우라고 한다. 친구라는 인간관계는 우리생활에서 큰 비중을 차지하고 있다. 그래서 우정은 내 인생에 가장 소중한 것 중의 하나이다.

동병상련

어떤 사람이 광고를 써 붙였다.

'강아지 세일.'

강아지를 보러 온 사람들 중에 한 소년이 있었다.

"저, 아저씨. 강아지가 너무 비싸지 않으면 저도 한 마리 사고 싶거든요."

소년이 말했다.

"글쎄다. 이 강아지들은 할인해서 100불이다."

"저는 겨우 20불밖에 없는데, 구경만 해도 될까요?"

"그래, 구경이야 얼마든지 해라. 혹시 누가 아니. 그 값에 강아지를 줄지?"

아이는 강아지를 쭉 훑어보더니 말했다.

"제가 알기로는 이 중에 다리를 잘 못 쓰는 강아지가 있다고 하던데요."

"그래, 있다."

"그게 제가 사고 싶은 강아지예요. 그 강아지를 조금씩 갚아드릴 테니까 저를 주시지 않겠어요?"

" 그렇지만 항상 다리를 절어 신경을 많이 써야 할 텐데. 그래도 괜찮겠니? "

그 말을 들은 소년은 싱긋 웃으면서 자신의 다리 한쪽을 걷어 올리더니 다리에 부착되어 있는 조임쇠를 보여주었다.

"저도 잘 걷지 못해요."라고 말하더니 그 강아지를 불쌍하다는 표정으로 내려다보고 있었다.

"저 강아지는 많은 보살핌이 필요한 것 같아요. 저도 그랬거든요. 절름발이로 사는 것은 여간 힘든 일이 아니에요."

"그래, 가지고 가라. 너라면 저 강아지를 잘 보살필 것 같다. 돈은 안 줘도 된다."

주인은 강아지를 안아서 그 소년에게 안겨 주었다. 돈 한 푼 안 받고 주면서도 기분이 좋은 표정이었다.

소년은 자신도 절름발이기 때문에 절름발이인 강아지를 불쌍히

생각하는 따뜻한 마음이 있었기에 절음발이 강아지를 키우셨다고
한 것이다.

누군가 남몰래 가슴아파하고 있다면 가만히 손을 잡으세요. 많이 아파하고 부
족했던 내가 이렇게 잘 자랄 수 있었던 것은 차가운 내 손을 누군가가 따뜻하게
잡아 주었기 때문이다.

까까머리

　캘리포니아의 오션사이드에서 생긴 일이다. 알터 선생님이 가르치는 5학년 반에서는 누가 항암치료를 받고 있는지 알 수 없었다. 거의 모든 아이들이 까까머리였다. 병을 앓고 있는 아이가 외톨이라고 느끼지 않도록 친구들 가운데 13명이 머리를 밀어버린 것이다. 레이크 초등학교의 11살인 스콧 시베리우스는 "우리 모두 머리를 밀면 사람들은 누가 항암치료를 받고 있는지 모를 거야." 라고 말했다.

　기록부에는 아이언 오고만이 병을 앓고 있는 아이로 되어 있다.

　의사들은 림프종이라 불리는 병을 앓고 있는 이 아이의 진찰 기록에는 악성 종양을 제거하고 약물 요법으로 치료를 시작했다고 기록되어 있다. 그러나 아이언은 머리가 한웅큼씩 빠지기 전에 완전히 밀어버리려고 결심했다. 그런데 놀랍게도 친구들이 이에 동참한 것이다.

아이언이 정말 걱정하는 것은 자기만 눈에 띄는 것이 아니라 놀림을 당하는 것이었다. 그래서 "우리는 단지 아이언의 기분이 좀 나아지고 외톨이가 아님을 느끼기를 바라는 것뿐이에요." 라고 열 살짜리인 카일 한슬럭이 말했다.

카일은 이 생각을 다른 친구에게 말했고, 아이들은 부모에게 허락을 받았다는 학생들 명단을 받기 시작했다. 그리고 지난주에 모두 이발을 했다.

이 사실을 알게 된 알터 선생님은 아이들과 함께 머리를 밀었다.

"너희는 세상 사람들에게 아이들도 무엇인가를 할 수 있다는 것을 보여 준 거야. 사람들은 아이들이 점점 나빠져 간다고 하지만 너희들은 오히려 그 반대구나." 라고 알터 선생님이 말씀하셨다.

세상에서 가장 고마울 때는 친구가 나의 마음을 알아줄 때이고, 세상에서 가장 편안할 때는 친구가 내 곁에 머물러 있을 때이다. 세상에서 가장 바라고 싶은 것은 친구의 마음속에 내가 영원히 간직되는 것이다.

한 손이 남아 있다

　어느 마을 변두리에 위치한 허름한 건물에서 불이 났다. 곧 소방차가 달려와서 불은 껐지만, 건물은 이미 무너져 버린 상태였다. 그 건물은 어느 무명 조각가의 작업실이었다. 이 사고로 조각가는 심한 화상을 입어 오른손을 잘라내어야 했다. 조각가는 절망했다. 지금까지 오른손으로 조각을 했는데, 그 오른손을 잘라내어야 한다니…….

　작업실과 작품들은 어느 정도 시간이 지나면 복원할 수 있으나 오른손은 불가능했다. 그는 좌절하여 술로 나날을 보내고 있었다.

　어느 날 그의 친구가 왼손으로 술병을 들고 있는 그의 모습을 보고 말했다.

　"네게 아직 한 손이 남아 있지 않은가." 그 술병을 들고 있는 왼

손 말일세. 그 손으로 조각하면 되지.

친구의 말에 정신이 번쩍 든 그 조각가는 곧바로 작업실로 달려가서 왼손으로 작업하기 시작했다. 처음에는 작업이 잘 되지 않아 비싼 자료를 다 쏟아서 버리곤 했다. 그때마다 친구가 말했다.

"너무 걱정 하지 마. 재료는 얼마든지 있으니까."

그는 친구의 도움으로 계속 작업을 할 수 있었다. 그런데 어느 순간부터 왼손이 예전의 오른손처럼 능숙하게 움직였다. 조각가는 속도를 내었다. 그리고 드디어 조각상이 완성되었다.

전시회 날 조각을 본 관객들은 환호성을 질렀다.

"어쩌면 조각이 이토록 아름다워요."

"너무나 아름다워요!"

조각가는 기쁨의 눈물을 흘렸다. 그리고 친구에게 진심으로 고마움을 전했다.

필요한 사람이 필요한 자리에 있어주는 것만큼 큰 행복도 없다. 보고 싶을 때 보고 싶은 자리에, 힘이 들 등 토닥거려주는 자리에, 혼자라는 생각이 들 때 손잡아 함께 하고 말해주는 그렇게 필요한 날 필요한 자리에 있는 사람이 진정한 친구이다.

같은 고통에 있는 친구

사고로 두 눈의 시력을 잃은 젊은이가 있었다. 이 젊은이는 실의에 빠져 살 의욕조차 잃고 있었다. 그를 지켜보던 가족들이 그를 설득하여 맹인들의 학교로 데리고 갔다.

같은 고통에 있는 사람들과 어울려서 서로 의지하다 보면 삶의 의욕을 찾을 수 있다고 생각했기 때문이다.

그가 학교에 도착하자 교장선생님은 한 선생님을 불렀다. 나이는 이 젊은이와 비슷해 보이는 그 선생에게 이 젊은이에게 학교 구석구석을 소개해주라고 말하였다.

 음성이 맑고 명랑해 보이는 이 선생은 젊은이를 학교 현관 입구로 데리고 가서 말하였다.

"자, 이제 우리는 현관 밖의 계단으로 내려갈 것입니다. 계단은 모두 12개인데 다 내려간 다음에는 오른쪽 화단으로 갈 것입니다. 그리고는 운동장을 한 바퀴 돌 예정입니다. 제 말을 기억하고 걷다가 무슨 일이 있으면 제 손이 팔꿈치 부근에 있으므로 재빨리 잡으시면 됩니다."

친절하게 설명한 선생은 이 젊은이를 마음 편하게 해주었다. 계단 하나하나 내려갈 때마다 계단을 세었고, 오른쪽으로 가자 바로 화단에서 꽃향기를 느꼈다. 이 젊은이는 선생의 태도에 자신감이 생기면서 교정을 한 바퀴 돈 후 지정된 자기 숙소로 향하기 전 감사의 인사를 했다.

"참으로 감사합니다. 저같이 눈 먼 사람의 입장을 잘 이해해주시니……."

그러자 선생은 부드러운 목소리로 말했다.

"물론 젊은이의 입장을 잘 이해합니다. 왜냐하면 저도 앞을 못 보는 사람이니까요."

사람들은 가슴속에 남모르는 어둠을 한 자락 덮고 살아가고 있다. 그 어둠이 언제 걷힐지 아무도 모른다. 그러나 그 어둠 때문에 괴로워하다가 결국은 그 어둠을 통해 빛을 발견하는 사람이 된다. 양쪽 시력을 잃은 이 젊은이는 같은 어둠에 있는 선생을 통해서 빛을 발견하게 된 것이다.

세 종류의 친구

나의 친구는 세 종류가 있다.

나를 사랑하는 친구

나를 미워하는 친구

그리고 나에게 무관심한 사람이다.

나를 사랑하는 사람은

나에게 유순함을 가르치고

나를 미워하는 사람은

나에게 조심성을 가르친다.

그리고 나에게 무관심한 사람은 나에게 자립성을 가르친

다.

-J. E. 딩거-

Part 5

애정은 험난한 이 세상을 지탱하게 하는 힘이다

당신을 사랑하오

　　미국 식물학회 회원인 한 남자를 알게 된 메리는 세상에서 이런 남자를 다시 만나기가 어렵다는 생각에 여자의 자존심도 버리고 자신이 먼저 청혼하여 결혼하였다. 그녀의 생각대로 해리 존슨은 일생 동안 가정에 충실하였고, 사회에서도 자신의 책임을 다하는 모범적인 삶을 살고 있었다.

　　그러던 어느 날 특정 식물 상태를 조사하기 위해 산으로 들어갔다. 가는 도중에 동료는 가정에 급한 일이 생겼다는 연락을 받고 돌아가고 존슨만 남아서 산속으로 들어갔다.

　　조금만 더 가겠다는 생각에 '출입금지'라는 팻말이 붙어 있는 구역까지 들어가다가 그만 발을 잘못 디뎌서 벼랑으로 떨어지고 말았다. 정신을 차리고 보니 한쪽 다리가 부러져 열십자로 꺾인 채

왼쪽 다리 위에 놓여 있었다.

　그는 허리띠를 풀어서 오른쪽 부러진 다리를 왼쪽 다리에 묶고는 산 아래로 이동하였다. 그러나 그는 점점 더 깊은 계곡으로 빠져들어가고 있었다.

　그렇게 산을 헤매인지 얼마나 지났는지 날은 어두워지고 계곡이라 빨리 컴컴해졌다. 그는 휴대폰으로 연락을 하여도 깊은 산속이라 통화를 할 수 없었다.

　그는 정신이 오락가락하는 상태에서 "사람 살려 주세요!" 하고 소리쳤다. 그러나 돌아오는 것은 메아리뿐이었다.

　얼마나 시간이 지난 후 그는 마지막으로 있는 힘을 다해 소리쳤다. "사람 살려 주세요!" 그런데 누군가 대답하는 것이었다. 그것은 메아리가 아니라 바로 아들의 목소리였다. 구조대원과 함께 산 입구까지 왔는데 더 이상 들어갈 수 없으니 내일 수색하자는 구조대원들의 말을 거절한 아들은 혼자서 계곡까지 온 것이다. 아들은 아버지를 구하면서 아버지가 누워 있던 바위에 "당신을 사랑하오."라고 쓴 글을 보았다. 아버지가 쓴 글이다. 해리 존슨은 구조되지 못하고 죽을 지도 모른다는 생각에 마지막으로 바위에 "당신을 사랑하오."라고 써서 아내에게 사랑을 알리려고 한 것이다.

"당신을 사랑하오."라는 말은 그가 인생을 살면서 가장 하고 싶었던 말이고, 매일 수십 번씩 하고 싶었던 말이었다. 그리하여 그는 죽을힘을 다해 바위에 쓴 것이다.

메리는 남편이 자신을 얼마나 사랑하는지를 그 때 제대로 안 것이다. 그리고 산속 어디엔가 자신을 사랑하는 남편의 마음이 기록되어 있다는 것을 생각하니 저절로 입가에 미소가 지어졌다.

사랑은 마음으로 시작해서 행동으로 옮겨지며, 자신감으로 화학적 반응을 일으킨다. 말로 표현할 때 사랑을 느끼게 되는 것이다. 남자가 자기 부인을 얼마나 사랑하는지를 좀더 일찍 표현했더라면, 그 가정은 더욱 빨리 행복을 느끼는 가정이 되었을 것이다. 사랑은 표현할 때 그 효과가 더 커진다.

초보운전자의 남편

로빈 스톤이 이른 아침 출근하려고 차를 운전하여 회사에 도착했다. 주차장에 막 차를 세우려는 순간 '쿵!' 하는 소리와 함께 몸이 흔들렸다. 뒤에 따라오던 소형차가 로빈 스톤의 차를 발견하지 못하고 뒷범퍼를 들이받은 것이다.

로빈 스톤은 화가 났지만 마음을 진정한 다음 차를 주차시킨 후 차 밖으로 나갔다. 로빈 스톤의 차를 받은 소형차는 새로 뽑은 새차였다. 뒤 유리창에는 '초보운전'이라는 글씨가 붙어 있었다.

뒤에서 받은 차의 운전자는 40대쯤 보이는 부인이었다.

로빈 스톤은 운전대에서 손을 떼지 못한 채 어쩔 줄 몰라 하는 부인을 향해서 나오라고 손짓을 했다.

부인은 차 밖으로 나와서 로빈 스톤에게 연신 미안하다는 말을 했다. 로빈 스톤이 물었다.

"운전한 지 얼마나 됩니까?"

"오늘이 첫날이에요."

"조심하셔야죠."

"네, 죄송해요. 배상해 드리겠습니다. 어떻게 해야 하나……."

"보험에 가입했습니까?"

"네."

"그러면 보험 가입 증명서 좀 봅시다."

여인이 차 안에서 무엇을 찾는 듯하더니 조그마한 서류봉투를 가져다가 로빈 스톤에게 주었다. 로빈 스톤은 그 봉투를 열어 보았다. 그 봉투 안에는 뜻밖에도 남편의 편지가 들어 있었다. 로빈 스톤은 읽어 보았다.

"사랑하는 여보! 당신이 이 서류를 꺼내 보고 있다면 무사한 거요. 아무 걱정 말고 보험사에 연락하시고, 나에게도 연락하세요. 차는 어떻게 되어도 상관없소. 내게 가장 소중한 것은 바로 당신이라는 것을 잊지 마세요."

로빈 스톤은 그 편지를 읽고서 부인의 남편이 어떤 사람이라는 것을 알게 되었다. 그는 편지를 부인에게 건네주었다. 그 편지를 읽는 부인의 눈에 이슬 같은 눈물이 맺히는 것을 보았다. 다 읽고 난 부인은 안심이 된다는 표정으로 로빈 스톤에게 물었다.

"보험사에 연락할까요?"

"아닙니다. 그냥 가세요. 그런데 부인, 좋은 남편을 얻은 줄 아세요."

남편에게 가장 소중한 것은 일이나 성공이 아니며 아내이다. 남편에게 아내보다 소중한 것이 있을 수 없다. 아내에게도 가장 소중한 것은 역시 남편이다. 그러므로 우리 인생에서 가장 소중한 것은 부부의 사랑이다. 그런데 우리는 소중하지 않은 것들 때문에 남편과 아내에게 상처를 주고 살고 있다. 참으로 소중한 것을 귀하게 여길 줄 알아야 그 인생은 가치 있게 사는 것이다.

아주 특별한 선물인 사랑

독일의 유명한 작곡가 멘델스존의 할아버지 모제스 멘델스존은 곱사등이었다.

어느 날 그는 함부르크에 있는 한 상점을 방문하게 되었다. 그 상점의 주인에게는 푸름트예라는 예쁜 딸이 있었다. 모제스는 첫눈에 그녀에게 반해버린 것이다. 그리하여 물건을 산다는 핑계로 여러 번 그 상점을 방문하였다. 그러나 자신의 흉한 모습 때문에 그녀에게 자신과 결혼하자고 제안을 할 수 없었다.

그 상점을 마지막으로 방문한 날, 모제스는 용기를 내어 말 한마디를 해보려고 그녀의 방으로 올라갔다. 아름다운 그녀 앞에 서자 그만 할 말을 잃고 우물쭈물하다가 마침내 수줍게 입을 열었다.

"당신은 결혼이란 하늘에서 맺어주는 것이라고 믿나요?"

"예, 저도 그렇게 믿어요. 당신은요?"

푸름트예가 시선을 바닥에 떨구며 말했다.

"저도 마찬가지입니다. 아시다시피 하늘에서는 사내아이가 태어날 때마다 하나님께서는 그 아이와 어느 여자 아이가 결혼하게 될 것인지 말씀해 준답니다. 저 또한 나의 신부가 될 여자를 지정받았지요. 그런데 하나님께서는 제 신부는 곱사등이가 될 것이라고 말씀하셨습니다. 그래서 나는 그 자리에서 큰 소리로 간청했지요. '주님, 제가 대신 곱사등이가 되겠습니다. 대신 나의 신부는 아름다운 여자가 되게 해주십시오.'라고 말입니다."

말을 마친 모제스는 그녀의 대답을 기다렸다. 그녀는 모제스의 이야기를 듣고 깊은 생각에 빠진 듯 보였다. 그녀는 마침내 그의 손을 붙잡았고, 훗날 그녀와 결혼하여 헌신적인 아내가 되었다.

'사랑은 모든 것을 덮어주며, 모든 것을 믿으며, 모든 것을 바라며, 모든 것을 견딥니다.' 성경에 나오는 말이다. 사랑은 사랑스럽지 않은 것까지 사랑하는 것을 의미한다. 그렇지 않다면 이것은 전혀 사랑이 아니다.

세상에서 가장 아름다운
크리스마스 선물

내일은 즐거운 크리스마스이다. 사랑하는 사람은 크리스마스 날을 맞이하여 서로 선물을 나누면서 기쁨을 함께 한다. 그러나 예나 지금이나 크리스마스를 비롯하여 명절이 되면 가난한 사람들에게는 마음이 더 무겁다.

델라는 남편 짐에게 이번 크리스마스 선물로 좋은 선물을 해주고 싶었다. 그러나 주머니에 돈이 한 푼도 없었다. 안타까운 마음에 엎드려 울다가 가만히 생각한 그녀에게 한 아이디어가 떠올랐다.

거울 앞에 선 그녀는 무엇을 결심했는지 낡은 재킷을 걸쳐 입고 집을 나섰다. 델라는 금발의 긴 머리카락을 잘라 팔았다. 그리고는 그 돈으로 무엇을 살까 상가를 돌아다니다가 요사이 시계 줄이 오래되어 낡아 끊어져 시계를 못 차고 다니는 남편을 생각하고 기품 있고, 순박한 백금 시계 줄을 샀다.

남편을 기다리는 그녀는 설렘과 기대로 흥분을 감추지 못했다. 그러면서 자신의 짧은 머리를 보고도 계속 아름답게 봐주기를 하나님께 기도했다.

마침내 퇴근한 남편이 돌아왔다. 조그마한 선물을 안고 들어선 남편 짐은 맥빠진 표정으로 그녀를 바라보았다. 그녀는 울상이 되어 남편에게 말했다.

"당신에게 선물을 하지 않고서는 크리스마스를 보낼 수가 없었어요. 그래서 머리카락을 잘랐어요. 머리카락은 곧 자랄 거예요."

"오, 머리카락이 길거나 짧거나 상관없이 나는 당신을 사랑해요. 다만 내가 사 가지고 온 선물이 당분간 소용이 없게 되어서 그런 거예요."

남편이 사온 선물은 그녀가 그토록 갖고 싶어하던 아름다운 빗이었다.

"델라! 우리들의 금년 크리스마스 선물은 당분간 간직하기로 해요. 지금 당장 쓰기에 너무 아깝기도 하고. 사실은 당신 빗을 사기 위해 나는 시계를 팔았어요. 자, 배고파요. 저녁 먹읍시다."

맛있는 요리 냄새가 풍기는 가운데 델라와 짐의 웃음소리는 크

리스마스이브에 조용히 울려퍼졌다.

사랑하는 부부의 사랑은 어느 사랑보다 진하고 아름답다. 아무리 많은 수식
어와 표현으로 설명해도 이들 부부의 사랑을 제대로 설명할 수 없다. 진정으로
사랑하는 부부의 사랑보다 더 아름다운 사랑은 이 세상에 존재하지 않는다.

아내를 데리고 온 남편들

　중세 독일에서 일어난 일이다. 바바리아 제국과 스와비아 제국 간에 전쟁이 일어나 와인스버그 성에서 치열한 전투가 벌어졌다. 스와비아 제국은 콘라드 대왕이 직접 전투를 지휘하고 있었다. 그로 인해 스와비아 군대는 사기가 충천하여 와인스버그 성 함락을 눈앞에 두게 되었다. 콘라드 대왕은 인명 피해를 줄이기 위해 바바리아 왕에게 사절단을 보냈다. 더 이상 공격하지 않을 테니 항복을 하라는 최후통첩이었다.

　와인스버그 성주는 싸워 봐야 승산이 없다는 것을 알고, 항복하겠다는 의사를 성 안에 있는 모든 사람들에게 알렸다. 그리고 항복하면서 한 가지 조건을 제시했다. 즉 성 안에 있는 여자들의 안전을 최우선으로 보장하며 그들이 성 밖으로 나와 다른 곳으로 피신할 때 보석이나 무엇이든지 한 가지씩만 가지고 나오도록 했다.

성문이 열리자 성 안에 있던 모든 여인들이 줄을 서서 나오고 있었다. 그런데 그 여인들이 한 가지씩 품고 나오는 것은 귀중품이나 보석 상자와 같은 보물이 아니라 자신들의 남편들이었다. 여인들 모두 남편을 팔에 안고 성 밖으로 나오는 것이었다.

자신의 남편을 팔에 안고 걸어 나오는 모습을 보면서 콘라드 대왕과 스와비아 군인들은 눈가에 이유도 알 수 없는 감동의 눈물이 흘렀다. 얼굴의 어디에도 승리의 기쁨을 찾아볼 수 없었다.

그 날 밤 콘라드 대왕은 승리의 잔치를 크게 열었다. 그리고 승리의 파티에는 와인스버그 성의 여인들과 그들의 남편도 초청했다. 모두가 한 가족이 되었다. 그들 모두가 한 여인의 남편이요, 한 남자의 아내일 뿐이다.

가정의 기초는 부부의 사랑이다. 부부가 서로 사랑하고 돌볼 때 그 가정은 튼튼해지며 자녀들도 건강하게 자라며, 아이들이 성장하여 새로운 건전한 가정을 갖게 되는 것이다. 부부가 서로 사랑할 때 가장 아름답다. 따라서 부부가 서로 싸우는 것은 가정과 사회, 그리고 세상의 기초를 무너뜨리는 것이다.

참으로 소중한 것

페르시아의 고레스 왕이 전쟁을 일으켜 이웃 나라의 왕과 왕비 그리고 자녀들을 모두 포로로 잡았다.

고레스 왕은 포로로 잡힌 왕에게 이웃 왕이 전쟁에서 패하여 비록 포로의 몸이 되었지만 군주의 은전을 베풀어 마지막 소원이 있으면 말하라고 했다. 그 때 포로로 잡힌 왕이 고레스 왕에게 이렇게 말했다.

"저를 놓아주시면 저의 재산 절반을 왕에게 바치겠습니다. 만약 제 자식을 놓아주신다면 저의 전 재산을 드리겠습니다. 그리고 제 아내를 놓아주신다면 제 목숨을 드리겠나이다."

그 말을 들은 고레스 왕은 너무나 감동한 나머지 왕과 왕비 그리고 가족들을 모두 풀어주었다.

그렇게 풀려난 왕은 집으로 돌아와 악몽 같은 순간을 돌아보며 왕비에게 물었다.

"페르시아의 왕은 참으로 인자한 사람이오. 당신도 그 인자한 왕의 모습을 보았지요?"

그러자 왕비는 남편을 돌아다보며 이렇게 말했다.

"나를 위해 당신의 목숨까지도 바치겠다는 당신의 아름다운 얼굴을 바라보기에도 시간이 부족하던데요."

우리 인생에서 참으로 소중한 것은 어떤 난관이 닥쳐와도 사랑하는 사람을 절대로 포기하지 않는 마음이며, 그 마음을 감사한 마음으로 경이롭게 바라볼 수 있는 열린 눈이다.

죽음보다 강한 것

　2차 대전 중에 일어난 일이다. 한 레지스탕스 요원이 독일군에게 체포되었다. 그를 통해 레지스탕스의 비밀 조직을 캐내려고 나치 독일군은 가장 혹독한 고문 전문가를 불렀다. 파견된 고문 전문가는 얼마나 혹독하게 고문을 하는지 그의 고문에 비밀을 털어놓지 않고는 견디지 못하여 모두들 비밀을 털어놓거나 죽음을 택하던지 둘 중의 하나였다.

　그 고문 전문가는 독일군으로부터 인정을 받아서 그에게 적국의 군인들을 석방시키는 권한마저 부여받았다.

　독일 고문전문가는 이 레지스탕스를 고문하기 시작했다. 전기 고문은 말할 것도 없고 자신이 할 수 있는 온갖 고문 방법을 동원하여 고문하였다. 그러나 이 레지스탕스 요원은 절대로 입을 열지 않았다. 혹독한 고문에 몇 번씩 절도하기도 했지만 조직의 비밀을 말하지 않았다.

고문 전문가는 자신이 고문을 시작한 이후로 처음으로 손을 들고 이 레지스탕스 요원에게 솔직하게 물었다.

"내가 졌소. 나는 지금까지 당신 같은 사람을 본 적이 없소. 도대체 당신을 교육시킨 사람은 누구요? 굉장히 존경스럽군."

온갖 고문에도 입을 열지 않던 그 레지스탕스 요원은 고문전문가의 솔직한 말에 그때서야 고개를 들고 대답을 했다.

"나에게는 교관이 따로 없소. 내가 만일 입을 열면 우리 가족이 변을 당할 것은 명백하오. 그래서 굳이 교관이 있다고 하면 우리 가족이 교관이오."

그 말을 들은 독일의 고문전문가는 더 이상 그를 고문하지 않고 석방시켰다.

가족은 세상의 어떤 것보다 질긴 인연으로 연결되어 있다. 세상의 어떤 힘도 가족을 연결하는 끈을 끊을 수가 없다. 사상이나 이념도, 물질이나 돈도 가족 앞에서는 힘을 발휘하지 못한다. 그러므로 가족은 인생에서 가장 소중한 것이다.

무엇보다도 소중한 아내

한 의사에게 정신 질환을 앓고 있는 아내가 있었다. 어느 날, 그의 동료나 직속상관인 과장은 정신 병원에 입원시키는 것이 좋다고 권유했다. 그는 너무나 충격을 받았고, 그 사실을 어떻게 받아들여야 할지 몰랐다. 그러나 아내에 대한 사랑이 지극한 그는 병원에 입원시키는 것보다 다른 방법을 찾기로 했으나 마땅한 방법이 생각나지 않아 어떻게 해야 할지를 몰랐다. 그래서 곰곰이 생각을 해서 결론을 내렸다. 그는 절대로 아내를 정신 병원에 입원시키지 않겠다고 마음먹었다. 대신 사랑으로 고쳐보기로 했다.

그로부터 얼마 후 어느 날 밤 아내와 대화를 하고 있는 중에 전화벨이 울렸다. 전화 내용을 엿들은 아내는 그가 다시 병원으로 돌아가면 그날 밤에는 다시 돌아오지 않을 것 같아서 화가 났다.

그러나 그녀는 화를 내기는커녕 도리어 재빨리 잠옷으로 갈아입었다. 그에게 잘 보이기 위해서였다. 실로 몇 년 만의 일이었는지 기억이 나지 않을 정도로 참으로 오랜만에 아내가 잠옷을 갈아입은 것이다. 잠옷을 갈아입은 아내는 그의 무릎에 앉는 것이었다.

그 광경을 바라보고 있던 그는 병원 당직과장에게 전화로 이렇게 말했다.

"과장님, 다른 사람이 저 대신 오늘 야간 당직을 해주시면 감사하겠습니다. 저는 지금 아내와 매우 중요한 시간을 보내고 있습니다. 우리 부부에게는 매우 심각한 시간이라 나갈 수가 없습니다."

그 의사는 아내가 자신에게 얼마나 소중한 것인가를 증명하기 시작했다.

그 결과 아내의 정신이 차츰 안정을 되찾기 시작하여 마침내 완쾌되어 병원에 가는 일이 필요 없게 되었다.

부부란 실과 바늘의 조화이다. 바늘이 너무 빨리 가면 실이 끊어지고, 바늘이 너무 느리면 실은 엉키고 만다. 실과 바늘은 자신의 역할을 바꿀 수 없고 바꾸어서도 안 된다. 실과 바늘의 조화, 여기에 부부 화합의 비밀이 있다.

마음이 사람이 많 길에

정성을 다하다

약간 모자라지만 마음씨가 착한 부인을 둔 사람이 있었다.

돈도 많고 사회적으로 명성이 있는 집안이지만, 오직 마음씨 하나만 보고 며느리를 골랐기 때문에 좀 모자라는 행동을 해도 그렇게 신경을 쓰지 않았다.

세월이 흘러 양 시부모가 다 돌아가시고 첫 번째로 맞는 기일이었다. 온 가족이 모여서 제사지낼 준비를 하고 있었다. 그 때 부인이 제사 준비를 하면서 제사상에 올라갈 음식들을 이것저것 먼저 집어먹고 있었다. 모여 있던 친척 어른들이 이 광경을 보고서는 남편을 불러서 말했다.

"아니 저럴 수가 있는가? 제사상에 올려놓는 음식을 먼저 먹어보다니……."

"조카, 보기에 좋지 않으니, 자네가 말리던가 아니면 야단을 치던가 하게."

조용히 앉아 있던 남편이 친척 어른들께 다가가서 말했다.

"그냥 두십시오. 선친께서는 저 모자라는 며느리를 무척 아끼고 사랑했습니다. 그런데 당신의 상에 오른 음식을 사랑하는 며느리가 조금 집어먹었다고 제가 안 사람을 야단치면 아버님께서 마음이 기쁘시겠습니까?"

부인은 자기를 이해하고 편 들어주는 남편이 무척 고마웠다.

사실 그 며느리는 시아버지가 좋아하던 음식을 고르느라고 집어 먹고 있었던 것이다. 돌아가신 시부모님께 정성을 다하고 있는 것이었다.

남의 좋은 점을 보는 것이 눈의 베풂이요, 환하게 미소 짓는 것이 얼굴의 베풂이요, 곱고 착한 마음 씀이 마음의 베풂이니, 베풀 것이 없어서 베풀지 못하는 것이 아니라 베풀려는 마음이 고갈되어 있어서 베풀지 못하는 것이다.

거지 부부

한 거지가 몸이 가려워 유대인의 정신적 지도자인 랍비의 집 대문 기둥에 등을 대고 비비고 있었다.

정원을 거닐다가 이상한 소리를 들은 랍비는 대문을 열어 보았다. 그 때 악취가 풍기는 거지를 본 랍비는 불쌍한 생각이 들어서 거지를 집안으로 데리고 들어가 목욕을 시키고 새 옷을 갈아입혔다.

그 소식을 들은 거지 부부는 어제 그 거지처럼 랍비의 대문에 등을 기대고 비비고 있었다.

잠시 후 그 광경을 목격한 랍비는 그들을 잡아들여 곤장으로 때린 다음 쫓아 버렸다.

매 맞고 쫓겨나면서 거지 부부는 어제 거지와 공평하게 대하지 않은 것에 항의를 하였다. 그러자 랍비는 대답했다.

"어제 거지는 혼자이기 때문에 대문에 등을 대고 긁을 수밖에 없지만 너희는 둘이고 또 부부이니까 서로 긁어줄 수 있잖느냐? 서로 돕고 이해하고 사랑하지 않으면서 잔 꽤나 부리는 너희는 벌을 받아야 마땅하다!"

세상에는 가는 곳마다 마음이 따뜻한 사람들이 많다. 눈길 하나에도, 손길 하나에도, 발길 하나에도 사랑이 가득하게 담겨 있다. 그러므로 세상은 살 만한 곳이다.

당신이 좋습니다

난 당신에게 아무것도 드린 것이 없는데
당신은 언제나 나에게 힘이 되어 주네요.
세상에 지쳐 있을 때
당신은 햇살로 웃게 해주고
공허한 외로움에 방향을 잃고 있을 때
당신은 나지막한 섭리 소리로 속삭여 줍니다.

당신의 목소리만 들어도
당신의 그림자만 보여도

생각과 신경이 온통 당신에게로 향해 있는 지금
난, 당신에게 달려가 안겨서 엉엉 울고만 싶습니다.
너무 좋은 당신을 위해 달리 표현할 방법이 없어집니다.

난 당신이 너무 좋습니다.

당신이 좋을 뿐만 아니라
한 없이 소중한 나의 큰 보금자리입니다.

Part 6

부모의 은혜는 내 인생의 원천이다

성형외과를 찾은 두 여인

두 여인이 상담을 위해 성형외과를 찾았다. 결혼을 앞둔 딸과 그녀의 어머니였다. 의사 앞에 앉은 딸은 무슨 죄나 지은 것처럼 고개를 숙이고 있었다.

어머니가 입을 열었다.

"제 딸이 곧 결혼을 합니다. 그런데 이 아이가 어렸을 때 사고로 손을 다쳤습니다. 다른 손가락은 고쳐서 괜찮은데 약지 손가락만 없습니다. 결혼하면 반지도 해야 하는데, 반지를 끼울 손가락이 없어요. 그래서 말인데요. 선생님, 제 손가락을 딸에게 이식시킬 수 없을까요? 선생님, 꼭 수술해 주세요."

의사는 한동안 말없이 두 사람을 바라보았다. 딸은 고개를 들지도 못하고 그저 눈물만 뚝뚝 흘리고 있었고, 어머니는 그런 딸을 어떻게 해서든지 위로하느라 등을 토닥거리고 있었다. 의사는 의사생활 20년 동안 이런 경험은 처음이라 무슨 말을 해야 할지 몰라서 한동안 두 모녀만 바라보고 있었다.

이들이 병원에 오기까지 얼마나 많은 고민을 했으며, 그들과 관계되는 사람들을 설득시키고 이해시키느라 얼마나 많은 마음고생을 했을까를 생각했을 때 의사의 마음이 먹먹해졌다.

그리고 여기 와서 그 한마디를 하기 위해 겪어야 할 아픔은 또 얼마나 많았을까?

생각에 잠기던 의사가 입을 열었다.

"병원을 몇 군데나 다녔습니까?"

"여기가 일곱 번째입니다."

"네, 알겠습니다. 이제 다른 병원에 가실 필요가 없습니다. 제가 수술해 드리겠습니다."

어머니와 딸은 몇 번이나 고맙다는 말을 남기고 수술 날짜를 정하고 예약을 한 다음 돌아갔다.

의사는 다음 환자의 진찰을 미루고 창밖으로 두 모녀가 가는 모습을 바라보았다.

두 사람이 손을 꼭 잡은 채 맞은편에 있는 백화점으로 들어가는

모습이 보였다. 의사는 두 모녀의 모습이 완전히 사라질 때까지 바

라보고 있었다.

어머니의 사랑은 자식을 위해 절대적인 힘과 능력을 드러낸다. 어머니의 사랑은
세상 모두가 포기한 사람도 변화시키고, 모든 사람이 살 수 없다고 하는 사람
도 살려낸다. 아마도 하늘이 어머니에게 특별한 힘을 주었는지도 모른다.

엄마와 가정부

    자신의 엄마를 부끄럽게 생각하는 아이가 있었다. 아이는 유치원에 다니면서 엄마의 모습이 다른 엄마와 다르다는 것을 알고 엄마를 싫어하게 되었다. 엄마의 얼굴에는 심한 화상을 입어서 얼굴 모양이 변했는데, 그 아이는 유치원에 다닐 때부터 그것을 알게 된 것이다.

    그때부터 그 아이는 엄마와 함께 다니기를 거부했고, 날이 갈수록 엄마와 아이 사이에는 벽이 생겼다.

    그렇게 세월이 흘러 아이가 초등학교에 입학을 하게 되었다. 그러던 어느 날 아이가 학교에 가면서 체육복을 잊고 갔다. 그것을 안 엄마는 체육복을 가지고 학교로 달려갔다. 엄마의 모습을 본 아이는 뛰쳐나와 작은 목소리로 "창피하게 학교는 왜 왔어? 다시는 오지 마!"하고는 체육복을 엄마로부터 빼앗다시피 낚아채어서 교

실로 뛰어들어갔다. 그리고는 친구가 누구냐고 묻자 "우리 집 가정
부야."라고 대답했다.

그 소리를 들은 엄마는 학교에서 돌아오자 참으로 너무 속상하
고 서글퍼서 식탁에 엎드려 소리 내어 울었다. 그 사정을 다 들은
이모는 아이가 수업이 끝날 즈음 학교 부근에서 기다리다가 아이
를 데리고 제과점으로 갔다. 아이가 좋아하는 빵을 사주고 엄마가
얼굴에 흉터를 입은 사연을 말해주었다.

"네가 10개월 정도 되었을 때 엄마가 잠시 집을 비운 사이 너의
집에 큰 불이 났단다. 아무도 너를 데리고 나오지 않은 거야. 엄마
는 그것을 알고 주위에서 말리는 것을 뿌리치고 너를 살리기 위해
불기둥으로 뛰어들어갔단다. 그때 상황은 도저히 너를 살릴 방도
가 없을 정도로 불이 크게 번지고 있어서 소방관은 물론 너의 아빠
도 말렸단다. 그러나 너의 엄마는 모두 말리는 것을 뿌리치고 너를
구하기 위해 불기둥 속으로 뛰어들어가서 너를 포대에 감싸서 안
고 뛰쳐나오다가 얼굴에 심한 화상을 입었단다. 그래서 얼굴이 저
모양이 되었단다."

이모로부터 자초지종을 다 들은 아이는 눈물을 흘리면서 집으
로 뛰어가서 엄마를 안고는 "엄마, 내가 잘못했어요. 이제부터는

그러지 않을께요. 용서해 주세요." 하고 말하면서 엄마의 품에 안겨 울었다.

엄마는 그 오랜 세월 동안 겪었던 아픔이 딸의 "잘못했어요."라는 말 한마디에 씻겨 내렸다. 그리고 그 동안의 모녀간의 갈등이 행복으로 바뀌었다.

생사를 가리지 않고 자식을 사랑하는 것이 엄마의 마음이다. 불기둥으로 뛰어 들어갔다가 자신도 죽을지 모르는 위험한 상황에서 어머니의 눈에는 그런 위험 상황 따위는 보이지 않는 것이다. 오로지 불타고 있는 집에서 누워서 자신을 살려주기 위해 달려올 엄마를 기다리고 있는 자식만 보일 뿐이다. 그래서 모든 위험을 무릅쓰고 불기둥 속으로 뛰어들어간 것이다. 그러므로 어머니의 사랑은 위대하고 거룩하며 인생에서 가장 소중한 것이다.

어머니의 넓고도 깊은 마음

글로리아 아버지는 한국동란에 참여했다가 전사했다. 그러자 글로리아 어머니는 아이를 보살필 수가 없어서 글로리아를 고아원에 보냈다. 고아원에 들어간 지 1년이 지나서 글로리아는 어느 집 양녀로 입양되었다. 그녀는 성악에 소질이 있었다.

12년이 지난 후 성악에 뛰어난 재주를 가지고 있던 글로리아는 장님임에도 불구하고 가수가 되어 로스앤젤레스의 작은 나이트클럽에서 노래를 부르면서 생활하고 있었다.

남편을 전쟁 중에 잃고 딸을 키울 수가 없어서 고아원에 준 글로리아 어머니는 세월이 흘러 갈수록 딸이 너무 보고 싶었다.

딸을 보고 싶은 어머니는 수소문하여 딸이 미국에서 가수 생활을 하고 있다는 소식을 듣게 되었다. 그리하여 그녀는 미국에 거주하는 한 지인에게 편지를 써서 딸을 꼭 한 번 만나고 싶다는 뜻을 전하였다.

편지를 받은 어머니의 지인은 수소문해서 글로리아가 가수로 있는 로스앤젤레스의 나이트클럽으로 찾아갔다.

어머니의 지인으로부터 어머니가 자신을 만나고 싶다는 얘기를 들은 글로리아는 화를 내면서 소리치듯이 말했다.

"여덟 살 때 나를 버리고 무슨 염치로 나를 찾는다는 거예요? 내가 장님인 줄 알고 나를 버린 거잖아요?"

어머니의 지인은 글로리아 양부모를 찾아가서 한 시간 이상 설득했으나 글로리아에게 한 번 말해보겠다는 말을 들을 정도였다. 지인은 그 자리에서 일어서면서 양부모에게 이렇게 말했다.

"마음속에 품은 한(恨)이 불치의 암이 될지도 모릅니다. 글로리아의 한이 풀어지도록 해 주세요"

다음날 어머니의 지인이 글로리아가 양부모와 함께 살고 있는 집으로 전화를 걸었다. 전화를 받은 글로리아는 화를 내었다.

"아시겠어요? 나는 버림받은 거란 말이에요?"

그녀의 거칠게 우는 소리가 전화기를 타고 들려왔다.

"내가 엄마를 가장 필요로 할 나이에 엄마는 나를 버렸단 말이에요. 그런데 엄마를 용서하라고요?"

"그렇지만 엄마는 엄마대로 말 못할 사정이 있다니까 한 번쯤 어머니의 소원을 풀어드리면 안 되겠니?"

"알았어요. 양부모님이 그토록 부탁을 하니까 양부모님을 기쁘게 해드리기 위해 딱 한 번 만나보지요."

그리하여 글로리아 어머니는 8살 때 헤어진 딸을 만나기 위해 로스앤젤레스로 갔다. 약속한 날 약속한 장소에 도착한 날 글로리아는 혼자서 어머니를 보러 가지 않겠다고 하여 지인과 함께 들어갔다.

글로리아와 지인이 방에 들어섰을 때 의자에 앉아 있던 어머니 모습이 보였다.

"안녕하세요?"

글로리아가 먼저 인사를 했다. 그러자 어머니는 "목소리는 변하지 않았구나. 얼굴 한 번 보자꾸나." 하시면서 글로리아를 향해 걸어왔다.

지인이 글로리아의 손을 잡고 어머니 앞으로 다가갔다. 어머니는 글로리아 앞으로 다가오더니 양손을 내밀면서 글로리아의 얼굴을 만지면서 말했다.

"아주 잘 컸구나. 게다가 아주 예뻐졌구나."

글로리아는 더듬거리면서 자기 얼굴을 만지고 있는 어머니를 보고서 그 순간 말을 더듬고 있었다.

"어머니도…… 눈이……." 더 이상 말을 잇지 못했다.

글로리아는 와락 울음을 터뜨리면서 말했다.

"어머니도 앞을 못 보시는 줄 알았으면 나를 키우지 못한 어머니를 이해할 수 있었는데……. 어머니! 잘못했어요. 그것도 모르고 어머니를 원망했어요. 어머니! 용서하세요."

두 모녀는 부둥켜안고 펑펑 소리 내어 울었다. 글로리아는 그동안 쌓였던 어머니에 대한 원망을 완전히 풀었다.

자신이 눈 먼 장님으로 시력이 점점 나빠져 가는 딸의 모습을 보면서 자신의 능력으로는 더 이상 고칠 수 없다는 것을 안 어머니는 딸을 위해서 고아원에 보내었던 것이다. 어머니의 그토록 넓고 깊은 사랑을 모르는 글로리아는 12년 세월 동안 어머니를 원망하면서 세월을 보냈던 것이다. 그래서 어머니의 사랑은 하늘보다 높고 바다보다 깊다고 하는 것이며, 내 인생에서 가장 소중한 것 중의 하나인 것이다.

강한 모성애로 죽음을 극복하다

　미국의 미네소타 주 어느 시골 마을에 젊은 부부가 살고 있었다. 그들은 비록 남의 농장에서 일을 하는 처지이지만 큰 농장을 하겠다는 꿈을 가지고 있었다.

　그들 부부에게는 네 살 된 딸과 이제 한 살도 되지 않은 갓난아이인 아들이 있었다.

　어느 날 남편이 식품 등 생활용품을 사러 도시로 가고 젊은 부인과 아이들만 있었다. 부엌에서 빵을 굽기 위해 장작더미에 손을 내미는 순간 그곳에 숨어 있던 독사가 부인의 손을 물었다. 그 순간 부인은 도끼를 들어 독사를 내리쳐 죽였다. 그러나 독사에 물리면 독이 온몸에 퍼져 위독하다는 것을 안 그녀는 남편이 돌아올 때까지 아직 두 주가 있어야 하는데 그 동안 아이들이 어떻게 될까를 걱정했다. 뱀에 물린 자신의 생명보다도 아이들 걱정부터 했다. 그 순간 부인 베티는 몸속에 독이 더 퍼지기 전에 아이들을 위해서 마지막으로 해야 할 일을 해야겠다는 생각이 들었다. 우선 먹을 것을 준비해 놓아야 하겠다는 생각이 들어 빵을 굽기 시작했다. 힘이 점차 빠지는 것을 느꼈으나 그녀는 열심히 빵을 구웠다. 그리고는 네 살 된 딸 키티를 불렀다. 그리고는 차분한 목소리로 말했다.

"키티야, 엄마가 곧 잠이 들어 깨어나지 못할 수도 있어. 아빠가 오실 때까지 네가 동생을 잘 보살펴야 돼. 동생이 배고프다고 하면 빵과 우유를 먹이고……. 아빠가 오실 때까지 울지 말고 잘 견뎌야만 한다."

정오의 뜨거운 햇빛 아래서 마지막 순간까지 아이들을 위해 이리 뛰고 저리 뛰고 하면서 땀을 비 오듯이 흘렸다.

온 몸에서 흘러내리는 그 많은 땀 덕분에 그녀의 혈관에 침입한 독이 흘러나와 그녀의 생명을 구할 수 있었다. 마지막 순간까지 아이들을 위해서 시간 가는 줄도 모르고 동분서주하는 가운데 그만 몸에 침입했던 독도 땀을 통해서 흘러 나갔던 것이다. 저녁때가 될 무렵 까지 그녀는 아직 살아 있다는 사실에 깜짝 놀라면서 감사의 기도를 올렸다.

죽음 직전까지 자신이 죽는다는 사실도 잊은 채 오로지 자식을 위해서 헌신한 덕분이었다.

무엇이 모성으로 하여금 강하게 하는가? 그것은 자식에 대한 깊은 사랑이다. 자식을 위한 아낌없는 사랑이 어머니를 강하게 만든다. 특히 위험한 상황에서 어머니의 사랑은 가히 절대적이다. 그리하여 빅토르 위고는 "여자는 약하다. 그러나 어머니는 강하다."라고 말하였던 것이다.

변함없는 내 아들이다

캐나다에 사는 한 청년이 약혼녀와 함께 여행을 떠났다. 한적한 공원을 거닐 때 새끼를 거느린 암곰을 만났다. 새끼를 보호하려는 암곰은 약혼녀에게 달려들었다. 약혼녀가 위험에 빠지자 그 청년은 곰에게 달려들어 곰과 사투를 벌여 약혼녀는 구했으나 자신은 온몸에 상처를 입고, 얼굴은 알아볼 수 없을 정도로 흉한 꼴이 되었다.

여러 번의 수술을 받고 몸은 회복되었지만 얼굴은 흉한 모습으로 변했고, 약혼녀는 자신을 구하기 위해서 그런 모양이 되었음에도 불구하고 그의 곁을 떠나고 말았다.

그는 8년간 수술을 통해서 얼굴이 어느 정도 자신의 옛 모습으로 회복되었으나, 입은 입술도 없이 절반 이하로 작아졌고, 얼굴과

몸에는 꿰맨 자국들이 남아서 흉측해 보였다. 흉한 모습으로 사람들 앞에 나타날 수 없어서 거의 은둔의 생활을 이어갔다. 그는 자신의 인생이 더 이상 나아질 기미가 보이지 않자 어느 날 건물 옥상으로 올라갔다. 한 발만 내디디면 가치 없고 의미도 없는 자신의 인생이 끝나는 순간이었다.

그때 아들의 이상한 행동을 눈치챈 아버지가 곧 옥상으로 따라 올라왔다. 그는 옥상에서 아래를 내려다보고 있는 아들에게 조용히 다가갔다. 그리고 아들에게 말했다.

"시련은 평범한 사람을 특별한 사람으로 만든다. 너는 지금 저 아래 있는 사람들과는 다른 특별한 사람이다. 그리고 사고가 나기 이전이나 사고가 난 이후나 너는 변함없는 내 아들이다. 사랑한다, 아들아!"

그 청년은 아버지의 말에 마음을 바꾸었다. 그리고 자신의 그런 모습으로도 살 수 있다는 용기를 갖게 되었다. 그리고 그런 모습으로도 할 수 있는 일을 찾기 시작했다. 그러다가 찾은 것이 보험설계사였다. 그는 명함에 자신의 흉한 얼굴의 사진을 붙이고 뒷면에 이렇게 적었다.

"저는 겉모습은 흉하게 생겼지만 내면은 누구보다도 아름답습니다."

보험설계사 일을 시작한 지 얼마 안 되어 그는 그가 살고 있는 밴쿠버에서 최고의 보험설계사가 되었다.

우리들의 아버지는 끝까지 우리를 지켜보는 사람이다. 세상 모든 사람이 외면할지라도, 모든 사람이 고개를 돌려 정상적인 모습을 한 사람들을 바라보고 있을 때에도 우리들의 아버지는 우리를 바라보고 있다. 그 아버지의 마음을 아는 사람은 어떤 상황에서도 결코 인생을 포기하지 않는다.

그리운 아버지의 키스

　　다음의 이야기는 태풍으로 아버지를 잃은 한 젊은이가 아버지를 그리워하면서 한 이야기이다.

　　"저는 갯비린내 나는 바닷가에서 자랐다. 아버지는 고기를 잡는 어부였으며, 바다를 무척 좋아하셨다. 아버지는 우리 가족을 먹여 살리기 위해 날마다 바닷가에 나가 열심히 일을 하였다. 아버지는 정말 건강하시고 늘 당당하셨다. 아버지한테 가까이 가면 아버지 몸에서 는 땀에 젖은 바다 냄새가 났다.

　　날씨가 좋지 않아 고기 잡으러 나가지 않으실 때는 나를 학교에까지 데려다 주곤 하셨다. 생선을 실어 나르던 그 낡은 트럭으로 저를 데려다 주었다. 나는 좀 창피했지만 그래도 아버지는 항상 학교 정문 앞까지 나를 데려다 주곤 했다. 아버지는 나의 그런 마음을 모르시는지 제 뺨에 키스를 하고는 "오늘도 열심히 공부하거라." 하시는 것이었다. 그때마다 니는 얼마나 창피한지 몰랐다. 12살이나 된 아이에게 공부 잘 하라고 키스를 해주는 아버지가 세상에 또 어디 있겠는가?

나는 이제 아버지의 키스를 더 이상 받지 않겠다고 마음먹었다. 그날도 예전과 똑같이 학교 정문 앞에 차를 세우더니 평소와 다름없이 몸을 창밖으로 기대고는 나에게 키스를 하려고 하였다. 나는 손으로 아버지의 키스를 막았다. 그리고 말했다.

"아버지, 이제 그만 하세요. 저도 이제는 키스를 받을 만큼 어리지 않아요."

그러자 아버지는 충격으로 한참 동안 나를 쳐다보더니 어느새 얼굴이 굳어졌다. 그리고는 금새 눈에는 눈물이 고였다. 나는 그전까지 아버지께서 눈물 흘리는 것을 본 적이 없었다. 아버지는 시선을 돌려 먼 바다를 보더니 이렇게 말씀하셨다.

"그래, 네 말이 맞다. 넌 이미 많이 컸다. 이제 더 이상 키스를 하지 않겠다."

그리고 며칠 후 아버지는 바다로 나갔고, 태풍으로 심한 풍랑이

일고 천지를 뒤흔들 듯 천둥소리가 요란스럽던 그날 밤 아버지는
영영 돌아오지 못했다. 나는 지금 아버지의 키스가 너무 그립다.

깊고도 넓은 아버지의 사랑은 당시는 느끼지도 이해하지도 못했다. 오히려
그 사랑이 부담이 될 때도 있었다. 이해하지 못하기 때문에 부담을 느꼈던 것
이다. 세월이 많이 지난 후에야 아버지의 진심을 이해하게 되고 사랑을 깨닫게
되는 것이다. 그 때는 이미 후회한들 소용이 없다.

가족을 살린 불기둥

노르웨이에 한 어부가 살고 있었다. 어느 날, 그 어부는 두 아들을 데리고 고기를 잡으러 자주 바다로 갔다. 그는 두 아들이 자기의 뒤를 이어 훌륭한 어부가 되기를 바라고 있었다.

그들이 바다에 도착하여 육지와 떨어져 조금 멀리 갔을 때 갑자기 폭풍이 불어오고 비가 쏟아지기 시작했다. 삼부자가 탄 조각배는 폭풍에 휩쓸려 쉴새없이 곤두박질했다. 사납게 놀아치는 폭풍 속에서 조그마한 배는 방향을 잡을 수가 없었다. 그러는 동안 밤이 왔다. 그들의 마음속에서도 절망감이 찾아왔다.

"도무지 방향을 잡을 수가 없구나."

아버지가 방향을 잃고 어디로 갈지 몰라 방황하고 있을 때 돌연 둘째 아들이 소리쳤다.

"아버지! 저기 보세요. 불이 보이네요. 불기둥이 점점 커지고 있어요. 저리로 가면 육지가 나오겠어요."

그들은 불기둥을 보고 그 불기둥을 향해 힘껏 노를 저어 갔다. 가까스로 포구에 도착한 삼부자는 안도의 숨을 쉬었다. 살았다는 안도감이었다.

그때, 한 부인이 숨을 헐떡거리며 그들을 향해 달려왔다. 어부의 부인이었다. 어부의 부인은 폭풍 속에서 살아난 삼부자들을 보고 반가워하기는커녕 마냥 걱정하는 표정이었다.

의아하게 생각한 어부가 물었다.

"여보, 우리가 이렇게 살아왔는데 기쁘지 않소? 당신 표정이 왜 그래요?"

그러자 부인은 울먹이면서 말했다.

"여보, 집에 불이 나서 재산 모두 잿더미가 되고, 나만 간신히 몸만 빠져 나왔어요."

그 순간 어부의 입에서는 탄성이 나왔다.

"조금 전에 불기둥이 우리 집이 타면서 생긴 불기둥이었구려. 그러나 그 불기둥 때문에 우리가 이렇게 살아 왔어요. 폭풍 속에 방향을 잃어 갈피를 잡지 못해서 당황하고 있었는데 그 불기둥을 보

고 노를 저어 여기까지 온 거요. 너무 상심하지 마시오. 집은 다시

지으면 됩니다."

　　세 가족은 얼싸안고 감사의 눈물을 흘렸다.

　　'인간만사 새옹지마'라는 사실이 이 이야기를 통해서 잘 나타내고 있다. 한 가
지 불행이 닥치면 그를 대신할 행복의 문이 열리게 되는 것이다. 그래서 사람은
희망을 버리지 않고 살아갈 수 있는 것이다.

가진 것을 모두 주다

　몹시 추운 어느 겨울날 한 소녀가 발을 동동 구르며 귀중품 가게 밖에서 진열된 귀중품들을 한참 동안 바라보더니 가게 안으로 들어갔다.

　"이 푸른 구슬 목걸이 참 예쁘네요. 선물할 거니까 예쁘게 포장해 주세요."

　"누구에게 선물하려고 그러니?"

　"우리 언니요. 저는 엄마가 없어서 언니가 저를 키워주고 있어요. 언니 생일이라 언니에게 줄 선물을 찾고 있었는데, 아주 꼭 마음에 들어요."

　"돈은 얼마나 있니?"

　"언니에게 줄 선물을 사려고 제 저금통을 전부 털었어요. 여기요. 이게 전부예요."

소녀는 주머니에서 진열대 위에 동전을 모두 쏟아 놓았다. 그러나 목걸이를 사기에는 턱없이 부족한 돈이었다. 소녀는 그 목걸이가 얼마나 비싼 것인 줄을 모르고 있었다.

주인은 소녀 몰래 슬그머니 목걸이에 붙어 있는 정가표를 떼어 버린 다음 예쁘게 포장하여 주었다.

"집에 갈 때 잃어버리지 않도록 조심해서 가거라."

"네, 고맙습니다."

그런데 다음날 저녁, 젊은 여인이 가게 안으로 들어와서 푸른 목걸이를 내어놓으며 말했다.

"이 목걸이 혹시 이 가게에서 팔았나요? 이 목걸이 진짜 보석인가요?"

"네, 저의 가게에서 판 물건입니다. 그리고 최고로 비싼 것은 아니지만 진짜 보석입니다."

"누구에게 파셨는지 기억나세요?"

"물론입니다. 예쁜 소녀입니다."

"그 아이에게는 이 보석을 살 만한 돈이 없었을 텐데……."

그러자 가게 주인은 젊은 여인을 바라보며 이렇게 말했다.

"그 소녀는 누구도 지불할 수 없는 큰돈을 냈습니다. 자기가 가진 것 전부를 냈거든요."

자기가 가진 것을 모두 줄 만한 사람이 있다면 그 사람은 행복한 사람이다. 왜냐하면 그 상대를 그 만큼 사랑하기 때문이다. 그것은 곧 그 사람으로부터 그만한 사랑이나 은혜를 입었다는 것이 된다. 그러므로 두 사람 모두 행복한 사람이다.

죽음도 두려워하지 않은
아버지의 사랑

캔자스의 한 작은 마을로 한 젊은 농부가 기분 좋게 마차를 몰고 들어왔다. 그는 대로변 모퉁이에 마차를 세우고 일주일치 식료품과 필수품을 사기 위하여 가게로 들어갔다.

그 때 가게에서 폭죽을 사 가지고 우르르 몰려나온 아이들 가운데 한 아이가 농부의 말 바로 앞에서 폭죽을 던졌다.

이에 놀란 말들은 앞발을 솟구쳤다 싶더니 말고삐가 매어 있는 말뚝의 가로대를 짓밟아버렸다. 그러자 말들의 발길질에 가로대가 그대로 부서졌고, 폭죽에 놀란 말들이 이제 거리로 내달리기 시작했다.

이 광경을 보고 있던 농부는 한걸음에 뛰어와 달리기 시작한 말 가운데 한 마리의 위로 뛰어올라가 가까스로 말고삐를 거머쥐었다. 그러자 놀란 말이 농부를 내동댕이쳤고, 농부는 기까스로 매달려 질질 끌려가는 꼴이 되었다. 100m 정도 끌려가는 동안 말들의 속력이 약간 줄어들자 이제는 다른 고삐를 쥘 수 있었다. 하지만 고삐를 잡으려는 순간 말이 갑자기 앞다리를 들고 서 버리는 바람에 오히려 바람을 가르며 내려오는 말발굽에 농부의 얼굴이 그대로 강타당했다. 의식을 잃은 농부는 그대로 땅바닥에 떨어져 즉사했지만 농부가 죽자 말들은 진정되었고, 사람들은 그를 길옆으로 옮겨 놓았다. 사람들은 말들을 그대로 초원으로 내버리는 것이 상책이었는데 농부가 공연히 미친 짓을 했다고 말했다.

그런데 바로 그때였다. 멈춘 마차 안에서 한 어린아이가 나와서 울면서 아빠를 찾고 있었다. 바로 이 아이 때문에 농부는 말들을 그냥 초원으로 달리게 내버려 둘 수가 없었던 것이다.

자신의 목숨을 내놓고 아들을 구하고자 한 것은 사랑의 감정 때문이다. 사랑은 나 이외의 사람을 나보다 더 아끼는 마음에서 우러나온다. 사랑은 자신을 위해서는 약해지고 남을 위해서는 강해지는 속성이 있기 때문이다. 톨스토이의 말이다.

한이 없는 아버지의 사랑

어느 추운 겨울날 저녁, 한 남자가 심장마비를 일으켜 병원에 입원하게 되었다. 응급실에서 수술을 받고 병실로 옮겨지자마자, 그는 딸에게 전화를 해달라고 간호사에게 부탁을 했다.

"여보시오, 난 혼자 살고 있소. 그리고 그 애는 나에게 유일한 가족이오."

그는 아픔 때문이 아니라 딸에 대한 그리움으로 눈물이 맺혀 있었다.

간호사는 딸에게 전화를 했다. 딸은 몹시 놀라며 전화기에 대고 울먹이는 목소리로 말했다.

"아버지를 제발 살려주세요. 저는 1년 전쯤 아버지와 심한 말다툼을 하고 집을 나왔어요. 정말 용서를 빌고 싶은데 계속 미루다가 몇 달이나 아버지를 찾지 못했어요. 제가 아버지에게 마지막 한 말은 '아버지를 증오해요.'였어요."

　　잠시 동안 침묵이 흐르고 도저히 참지 못한 딸의 울음소리가 들려왔다. 그녀는 간신히 울음을 멈추고 말했다.

　"지금 갈게요. 30분이면 도착할 거예요."

　얼마 뒤 환자의 심장 박동이 멈춰간다는 신호가 울렸다. 전화를 걸었던 간호사는 기도를 했다.

　"제발 이 분 딸이 지금 달려오고 있어요. 이렇게 끝내지는 않게 해주세요."

　심장이 움직이도록 전기 충격을 주었지만 환자를 살리려는 의사들의 노력은 수포로 돌아가고 환자는 죽고 말았다. 그 때 딸이 헐떡거리며 달려왔으나 이미 때는 늦었다. 아버지가 숨을 거둔 후였다. 의사는 통곡을 하고 울부짖는 딸에게 그 동안 아버지와 나누었던 여러 가지 이야기를 들려주었다.

　　의사로부터 아버지의 이야기를 듣고 진료실을 나온 딸의 얼굴에는 슬픔과 후회가 가득했다. 간호사는 다가가서 그 여인을 한쪽 옆으로 데려가서 말했다.

　"상심이 크시겠어요."

딸은 울먹이며 대답했다. "저는 한 번도 아버지를 미워한 적이 없어요. 이제 아버지를 뵈러 가야겠어요."

간호사는 생각했다. '왜 자신을 더 괴롭히려고 할까?' 하지만 차마 말은 못하고 그녀를 병실로 데려갔다. 딸은 침대로 다가가 시트에 얼굴을 묻고 이제 뻣뻣하게 굳은 아버지에게 흐느끼며 마지막 인사를 했다.

간호사는 그 슬픈 이별을 더 이상 볼 수가 없어서 시선을 돌리다가 시트 옆에 종이쪽지가 있는 것을 발견했다. 그리고 그것을 슬픔에 흐느끼고 있는 딸에게 주었다. 그 종이쪽지에는 이렇게 적혀 있었다.

"가장 사랑하는 딸아, 널 용서한다. 너도 나를 용서하렴. 네가 날 사랑하는 것처럼 나도 너를 사랑한단다. 아빠로부터."

사랑은 움직이는 것이다. 가만히 앉아서 기다리기만 하는 것이 아니라 먼저 다가서는 노력을 해야 얻을 수 있는 정성의 결과가 바로 사랑이다.

항상 열어 놓은 대문

스코틀랜드의 글래스고에 살던 한 10대 소녀가 부모님이 주는 압박감과 기대감 그리고 집에서의 생활에 염증을 느꼈다. 결국 소녀는 부모님의 관심을 억압으로 생각하여 집을 나갔다. 하지만 직업을 구할 수 없었던 그녀는 결국 거리로 나가 창녀로 전락하고 말았다. 세월이 흐를수록 비참한 생활에서 더욱 빠져나올 수가 없었다.

집을 나간 뒤로 그 소녀는 어머니와 전혀 소식을 주고받지 못했다. 그러다가 딸의 행방을 전해들은 어머니는 딸을 찾기 위하여 딸이 있는 도시의 변두리를 찾아갔다. 모든 구호단체를 돌면서 어머니는 말했다.

"이 사진 한 장만 받아주시겠어요?"

그 사진은 희끗희끗 센 머리에 미소를 짓고 있는 자신의 사진이었다. 그 사진 밑에는 이렇게 씌어 있었다.

"엄마는 여전히 너를 사랑한단다. 돌아오너라."

그 뒤로 몇 달이 지나도록 아무 일도 일어나지 않았다. 그러던 어느 날 길거리에서 방황하던 소녀가 한 구호단체에 밥을 얻어먹으려고 왔다. 그녀는 예배를 드리면서도 멍하니 게시판을 바라보고 있었다. 그러다가 거기서 자기 어머니와 너무 닮은 사진 한 장을 발견했다. 혹시나 하는 생각에 그녀는 예배가 끝날 때까지 기다릴 수가 없었다.

이내 게시판으로 다가가 사진을 자세히 들여다보았다. 그리고 '여전히 너를 사랑한단다.' 하는 어머니의 글을 읽었다. 너무나 믿을 수 없는 사실에 그만 소녀는 흐느끼고 말았다. 시간은 비록 밤이었지만, 그 사진 밑에 씌어 있는 글에 용기를 얻은 소녀는 밤에 걷기 시작했다. 결국 새벽에 소녀는 집에 도착했다.

그러나 소녀는 집에 들어가기가 두려워 문밖에서 머뭇거렸다. 이제는 어찌해야 될지 몰랐다. 하지만 용기를 내어 문을 두드렸다. 그런데 대문이 저절로 열리는 것이었다! 도둑이 들어왔는지도 모른다는 생각에 소녀는 곧장 안으로 뛰어들어가 어머니의 침실로 갔다. 하지만 여전히 어머니는 주무시고 계셨다. 어머니를 깨우며 소녀는 말했다.

"엄마. 저예요. 제가 돌아왔어요."

이 말에 잠에서 깨어난 어머니는 자신의 눈을 의심했다. 딸이 돌아오다니! 눈물을 훔친 어머니와 딸은 서로를 부둥켜안았다.

"문이 열려 있어 도둑이 들어오면 큰일 날 뻔했어요!" 딸이 말했다.

하지만 어머니는 얼굴에 미소를 지으며 조용히 말했다.

"네가 집을 나간 날부터 지금까지 한 번도 대문을 잠그지 않았단다."

어머니의 두 손에 바람이 불어와 두 손을 가를 때 어머님의 맺힌 그 한이 가슴속에 사무친다. 살아오신 그 땅에, 물기마른 그 자리에 가뭄 들고 무서리 지는 시린 그 바람을 어머님이 아신다. 지산 이민홍의 시이다.

아버지 감사해요

　회색 머리의 자그마한 여인과 덩치가 큰 남자가 그에게 달려 왔다. 바로 그 병사의 부모님이었다. 아들을 껴안은 어머니는 한 없이 눈물을 흘렸다. 그러나 아버지는 무뚝뚝하게 "네가 살아서 돌아오니 다행이구나."라는 말 한마디를 했을 뿐이었다. 돌아가 는 길에도 부자는 아무 말도 없었다. 집에 도착하자 어머니와 아 들은 잠시 부엌에서 대화를 나누었다.

　"어머니, 아버지는 내 모습에 실망하셨나 봐요. 엄마도 보셨지 요. 역에서 아버지가 저를 어떻게 대하셨는지, 남들처럼 목메어 하시지도 않았다고요. 하지만 물론 알아요. 아버지는 저를 여전 히 사랑하고 계시지만 제가 이런 모습으로 돌아오니, 너무 냉정 하세요. 제가 장군이 되어 귀환하기를 바랐나 봐요."

아들의 말에 어머니가 말했다.

"얘야, 아버지는 너를 너무 사랑하신단다. 그것만은 알아야 해."

"알아요. 하지만, 지금 아버지는 어디 계시죠?"

다시 어머니가 말했다.

"아버지는 밖에 계시다. 그러지 말고 집안을 한 번 돌아다녀 보렴. 나와 네 아버지는 네가 생활하는 데 불편이 없도록 만들어 놓았단다."

아들이 부엌을 나가자 어머니는 뒷문으로 나가 차고로 가 보았다. 짐작했던 대로 아버지가 기도하고 있는 모습이 열려 있는 차고의 문을 통해 보였다.

"아들이 무사히 돌아오게 해주어서 감사합니다."

기도를 마친 아버지가 서서히 일어나는 모습을 보고 어머니는 다시 밖으로 나갔다.

"제 방이 너무 멋지네요. 어머니, 아버지는 어디 계시죠?"

"뭐 집안일 하시느라 안 보이는 거지." 어머니가 말했다.

가정을 이루는 것은 자동차나 식구가 드나드는 장소가 아니라 사랑을 주려고 그 문턱으로 들어오는 아빠의 설레이는 모습이다. 행복한 가정은 사랑이 충만한 곳이다. 바다와 같이 넓은 아빠의 사랑과 땅처럼 다 품어내는 엄마의 사랑이 있는 곳이다.

참된 효의 조건

자식이 부모를 모실 때는 무엇보다도

부모의 마음을 살피는 것이 가장 중요하며

그 다음이 부모의 몸을 보살펴 드리는 것이다.

몸만 보살펴 드리고

마음은 보살펴 드리지 않는 것은

최대의 불효다.

그러나 그보다 더 나쁜 불효가 있다.

이는 겉으로만 그러는 척 꾸밀 뿐

부모의 몸조차 보살펴 드리지 않는 것이다.

모든 인연 소중하게

스치고 지나가는 한 줄기 바람처럼

잠시 잠깐 머물다 헤어질 인연일지라도

결코 가볍게 여긴다거나 함부로 대할 수는 없다.

다가오는 모든 인연들을 진실하게 대하고

소중히 여기며

깊은 배려와 사랑으로 한 번 맺은 인연을

아름답게 가꾸는 노력을 게을리해서는 안 된다.

살아 숨 쉬는 날까지

끊임없이 인연을 맺고 살아가는 것이 우리의 삶이기에

내게 다가오는 인연은 오래도록 소중하고 아름답게.

Part 7

성실은 인생을 풍요롭게 만든다

1,500회 이상 연습을 하다

스위스의 피아니스트 지기스문트 탈베르크는 뛰어난 음악적 자질보다는 엄격한 훈련으로 세계적인 연주자가 된 사람이다. 그의 피눈물 나는 연습은 세계적으로 알려진 대가가 되고서도 멈추지 않았다.

어느 날, 대규모 연주회를 개최하는 주최 측에서 당시 명성이 있는 탈베르크를 초청하기 위해서 탈베르크가 있는 곳을 방문했다.

"언제 열립니까?"

탈베르크가 물었다.

"다음 달 1일입니다."

다음 달 1일이면 며칠 남지 않은 상태에서 탈베르크를 초청하려고 온 것이다.

"사양하겠습니다. 도저히 그 날짜까지 연습을 끝마칠 수 없습니다."

그의 거절을 들은 주최 측은 깜짝 놀라서 그에게 물었다.

"도대체 무엇을 연습하고 계십니까?"

"신곡을 연습하고 있습니다."

"하지만 3일만 연습하면 되지 않습니까? 나는 지금까지 1회 연주에 4일 이상 연습하는 연주자를 보지 못했습니다. 그런데 선생님 같은 대가가 연습을 하는데 그 보다 더 많은 시간이 필요하다는 말입니까?"

"저는 신곡 하나를 연주하는 데에 적어도 1,500 회 이상 연습합니다. 따라서 하루에 50회를 연습해도 1개월은 걸립니다. 그 때까지 기다려 주시면 기쁘게 출연하겠습니다. 그렇지 않으면 사양할 수밖에 없습니다."

꽃이 비바람을 견디고 오랫동안 햇볕에 몸을 내놓는 정성 끝에 굵고 탐스러운 열매가 맺듯이 사람의 일도 얼마만큼 오랫동안 참고 견디며 얼마나 정성껏 준비했느냐가 무엇보다도 중요하다.

대작을 쓰는 비결

평소 괴테를 존경하던 한 젊은이가 있었다. 그는 괴테와 같은 대작을 쓰기 위해서 괴테의 모든 작품을 거의 외우다시피 할 정도로 수없이 많이 읽었다. 그리고는 괴테를 만나기 위해 괴테가 거주하는 집을 방문했다. 괴테의 작품과 같은 대작을 쓰는 비결을 직접 듣기 위해서이다.

"선생님, 저도 선생님처럼 대작을 쓰고 싶습니다. 그 비결이 무엇인지 가르쳐 주십시오."

젊은이는 진지하게 물었다. 그러나 괴테는 아무런 대꾸도 하지 않았다.

그 때 마침 봄이라 창문을 통해서 봄바람이 불어와 책상 위에 놓인 원고지가 바람에 나풀거렸고, 정원에는 아이들과 부인들이 즐겁게 뛰어노는 모습이 창문 너머로 보였다.

창문을 물끄러미 바라보고 있는 괴테를 향해서 그 젊은이는 다시 말했다.

"선생님, 저도 훌륭한 작품을 쓰고 싶습니다."

그 젊은이는 간절한 눈으로 괴테를 바라보고 있었다.

그러나 역시 괴테는 아무런 말 한마디 하지 않고 정원에서 부는 봄내음이 물씬 풍기는 바람을 마시더니 책상 앞에 앉아 쓰던 원고를 열심히 써 내려가고 있었다.

"선생님, 지금 뭘 쓰시고 계십니까?"

그 젊은이가 다시 물었다.

그러자 괴테는 엉뚱한 대답을 했다.

"나는 조금 전부터 정원에 피어 있는 아름다운 꽃들과 그 꽃들 주위를 맴돌고 있는 나비들, 그리고 그것들을 쫓아다니면서 놀고 있는 부인과 아이들의 아름다운 모습을 바라보고 있네. 그리고 저런 모습을 나타내는 것이 세상에서 가장 아름다운 글이 될 거라는 생각을 하고 있었네."

젊은이는 실망을 했다. 자신의 진심어린 질문에 대답은 하지 않고 딴청을 피우고 있기 때문에 원망스러운 생각도 들었다.

그러자 괴테는 그 젊은이의 마음을 아는지 그를 바라보면서 이렇게 말했다.

"여보게, 젊은이. 처음부터 대작을 쓰려고 하지 말게. 새가 날려면 날개가 여물어야 날 수 있지 않은가? 글을 쓰는 것도 마찬가지네. 지금 당장 쓸 수 있는 대상을 골라 그것을 자연스럽게 생생하게 묘사해보게. 그럼 언젠가는 자신도 모르게 대작을 쓰게 될 것이네. 날기에 앞서 날갯짓을 하는 연습이 필요하지 않겠는가?"

하는 척 하지 말라. 실제로 그렇게 해야 한다. 대부분의 사람들은 자신이 대단한 일을 하는 양 으스대지만 특별한 이유도 없으면서 매사를 신비로운 일인 듯 포장한다. 참으로 우습기 짝이 없다. 자신이 하는 행동을 있는 그대로 보라. 발타자르 그라시안의 말이다.

결코 포기하지 마라

몇 년 전, 뉴잉글랜드 지방을 강타한 폭풍우 속에서 배 한 척이 난파를 당했다. 그래서 많은 사람들이 해변에 모여서 구조 작업을 돕고 있었다.

이윽고 구명보트가 사나운 파도 속을 뚫고 생존자를 싣고 돌아오고 있었다.

폭풍우 속에서 구조대원 한 사람이 난파선 선장에게 큰 소리로 물었다.

"모두 구조되었습니까?"

"아직 한 사람이 남았는데요." 선장이 말했다.

"저쪽 끝에 한 사람이 아직 남아 있는데, 미처 구조할 수가 없었습니다. 그 사람은 바다에 빠져버렸고 배는 막 가라앉을 참이었소.

우리가 마지막으로 그를 봤을 때, 그는 부서진 조가 같은 깃을 붙잡고 있었소. "

"그럼 다시 그를 찾으러 가야죠." 존이 말했다.

"존, 그것은 절대 안 돼. 4년 전 너의 아버지가 탔던 배가 가라앉아 결국 아버지가 익사하신 일을 잊었니? 그리고 네 형 월드도 며칠 전 바다에 나가 돌아오지 않았잖니? 존, 나에게는 너밖에 없단다. 제발, 그 조난당한 사람을 구하러 다시 바다에 나가지 말아 다오."

어머니가 말렸다.

하지만 존은 단호하게 말했다.

"나가야 합니다. 어머니! 저기 바다 속에서 사람이 애타게 구조를 기다리고 있어요."

존과 선장은 자그마한 보트에 몸을 싣고 바다로 향했다. 하지만 바다 사정이 그리 좋지 않았고, 폭풍우는 여전히 사나웠다. 바다로 나가는 자식을 보고 있던 어머니는 낙심해서 한쪽으로 돌아서서 눈물을 흘렸다. 이제 마지막 남은 자식마저 잃어버릴 것 같았다.

계속되는 비바람 속에서도 사람들은 존과 선장을 걱정하여 서너 시간 동안이나 자리를 뜨지 않았다. 그러나 사람들은 뭔가 나쁜 일이 일어날 것만 같은 예감이 들었다. 그리하여 계속 울고 있

는 어머니를 위로해주고 있었다. 어떤 사람은 꿈 같은 기적이 일어
날 것을 기대하는 눈치였다. 마침내 한 사람이 바다를 향해 두 손
을 흔들었다. 바로 조그마한 구명보트가 폭풍우를 뚫고 해변으로
다가오고 있었다.

"찾았나요?"

사람들이 배를 향해 외쳤다. 그러자 파도에 흔들리는 배 위에서
존이 큰 소리로 대답했다.

"예, 그 사람을 발견했어요. 그리고 우리 어머니에게 말해주세요.
찾은 사람이 형 월드라고요."

난파 중에 생명을 구하는 것은 결코 쉬운 일이 아니다. 자신도 그 난파에 휩쓸
려 죽을 수 있다는 두려움이 있기 때문에 자신의 목숨을 건 모험이다. 그렇지만 난
관을 무릅쓰고 포기하지 않은 덕분에 한 사람의 생명, 그것도 형을 구할 수 있었다.

결단이 중요하다

미국의 전 대통령 로널드 레이건의 이야기이다. 그는 결단의 필요성을 10대 때 배웠다.

어느 날 친척 아주머니 한 분이 그의 집을 방문해서 그에게 신발을 한 켤레 맞추어 주려고 그를 데리고 제화점으로 데리고 갔다. 그의 발 치수를 잰 다음 제화공이 물었다.

"구두 발끝을 둥글게 만들어줄까? 아니면 네모나게 만들어줄까?"

어린 로널드는 쉽게 결정을 할 수 없었다.

그러자 제화공은 "하루나 이틀 뒤에 다시 와서 어떤 걸로 할지 말해주렴." 하고 소년을 돌려보냈다.

며칠이 지나 제화공은 길에서 우연히 로널드를 만나게 되자 구두의 모양을 어떤 것으로 할지 정했느냐고 물었다. 소년은 머뭇거리며 "아직 결정하지 못했어요." 하고 말했다.

"잘 알았다. 그럼 내일 구두를 만들어 놓을 테니 찾아가거라."

다음날 로널드가 신발을 찾아와 보니 한 짝은 발끝이 둥글게, 한 짝은 네모났다.

훗날 레이건은 이 일을 떠올리며 말했다.

"그 신발을 보고 나는 큰 교훈을 얻었지요. 그것은 바로 스스로 결정하지 않으면 누군가가 대신 결정한다는 것입니다."

인생은 선택과 결단에 의해서 좌우된다. 우리는 인생을 살아가면서 크고 작은 많은 선택과 결단을 해야 한다. 이 때 현명하게 그리고 무엇보다도 신속하게 결단해야 한다. 결단의 시기를 놓치면 자신의 중대한 일을 타의에 의해서 결정을 당하게 된다.

성실은 훗날에도 알아준다

    알프스 산맥의 동쪽 기슭, 오스트리아 어느 마을에 있는 조용한 숲속에 한 노인이 살고 있었다. 여러 해 전부터 마을 회의에서는 계곡 위쪽의 샘들을 청소하기 위하여 노인을 고용했다. 그 샘들은 마을에 여러 가지로 유용해서 나무들과 잔가지들을 치워내는 일이 필요했기 때문이다.

    수년간 노인은 샘물 위에 떠다니는 잔가지의 낙엽과 죽은 동물들, 그리고 더러운 것들을 제거했으며 맑은 물이 잘 흐르도록 수로를 깨끗이 청소했다.

    마을은 번성했으며, 유명한 관광휴양지가 되었다. 방앗간의 물레방아가 밤낮으로 돌아갔으며, 농지에는 끊임없이 물을 댈 수 있었고, 오염되지 않은 물로 사람들은 건강했다. 마을은 그야말로 아름다운 정경을 연출하고 있었다.

그로부터 몇 년이 지난 후 어느 날, 마을에 예산 결산 심의회가 열리는 가운데, 한 위원이 '샘을 지키는 사람에게 지급되는 봉급'이라는 이상한 항목을 발견했다.

"누가 이 사람을 고용했어요? 이 사람이 누굽니까? 이 사람은 봉급만 축내는 사람이 아닙니까?"

그렇게 말한 위원은 잠시 생각하더니 말을 계속 이었다.

"언덕 위에서 이 사람은 죽었는지도 모르고 또 더 이상 이 사람은 필요가 없습니다."

거기 모인 위원들은 만장일치로 그 노인을 해고시켰다.

그 후 몇 년 동안은 아무 일도 없었다. 하지만 가을이 오자, 샘물에 낙엽이 떨어지기 시작했다. 나뭇가지가 떨어지고, 바닥에는 흙이 쌓이고, 냇물의 흐름도 느려졌다. 또한 마을에 흐르는 냇물이 노란 갈색을 띄는 듯하더니, 며칠이 지나자 색이 더 짙어졌다. 그리고 한 주가 더 지나자, 냇물 양쪽 둑에 물이끼가 쌓이기 시작했다. 그리고는 냇물에 악취가 나기 시작했고, 물레방아가 멈추었다.

그러자 관광객이 떠나고, 아이들은 병이 들기 시작했다. 이에 당황해진 마을 의회는 긴급회의를 하고 그 원인을 찾았다. 그러자 그 노인을 해고한 것이 실수였음을 깨닫고 다시 그 노인을 복직시켰다.

그 뒤 다행히도 몇 주 만에 샘물들이 다시 깨끗해지고 물레방아가 다시 돌기 시작했다. 마침내 관광객들이 다시 모이기 시작하고 아이들도 더 이상 아픈 일이 없었다. 마을이 다시 생명을 회복한 것이다.

성실은 그 당시에는 나타나지 않는 경우가 많다. 그리하여 사람들이 인정하는 일에 인색하다. 그러나 세월이 흘러서 그 성실의 진가가 나타난다. 그때서야 사람들은 성실의 가치를 깨닫게 된다.

성실의 대가

펜니가 20대 미국 청년으로 세계적으로도 최고의 명문 대학으로 알려진 미국 하버드 대학의 졸업반의 학생 시절의 이야기이다.

그는 대학의 '졸업자 작업 보도국'을 통해서 미국의 한 굴지의 백화점에서 2명의 학생을 추천해 달라는 의뢰서가 도착했다는 소식을 들었다.

펜니는 다행히 추천을 받아 백화점으로 일하러 갔다. 첫날 어떤 일이 주어질까 궁금해하고 있는 펜니와 그와 함께 추천된 사람에게 백화점 사장이 준 첫 번째 일은 '엘리베이터 보이'였다.

미국의 최고 명문대학을 졸업한 엘리트인 그들에게 겨우 첫 번째로 준 일이 '엘리베이터 보이'인 것이었다. 그와 함께 추천받은 다른 학생은 그 즉시 그만두고 귀가했다. 그러나 팬니는 그 직을 흔쾌히 수락하고 맡은 일을 **충실**히 이행했다.

그렇게 6개월이 지난 어느 날 백화점 사장이 그를 불렀다.

"그래, 6개월 해보니 어떤가?"

"네, 사장님. 일은 그렇게 어렵지 않습니다. 그런데 일하면서 느낀 생각입니다만, 3층의 아동완구점과 숙녀용품점은 1층으로 옮기는 것이 좋겠습니다."

자신의 하는 일에 대해서 불만이나 건의사항이 있을 줄 알았던 사장은 뜻밖의 소리를 듣고 물었다.

"그래, 왜 그렇게 생각하는가?"

"백화점의 주요 고객은 주로 아동들과 주부들입니다. 그들이 3층으로 가기 위해서 엘리베이터를 많이 사용하기 때문에 전력 소비가 큽니다. 따라서 아동들과 주부들이 많이 찾는 완구점과 숙녀용품점을 1층으로 옮기면 번잡하지도 않고 전력 소비도 절약할 수 있을 것 같습니다."

사장은 그 이야기를 듣고 깜짝 놀랐다. 그리하여 그의 성실성을 높이 사서 곧바로 지배인으로 승진 발령을 하였다.

사장은 페니를 경리직 정도로 옮겨줄 생각이었으나 페니가 자신이 하는 일에 대해서 소극적으로 하지 않고 적극적으로 임하면서 회사의 경비를 절감할 수 있는 아이디어까지 생각해 내는 것을 보고 지배인으로 고속 승진시킨 것이다.

성실하게 사는 사람에게는 도움을 주고자 하는 사람이 있다. 성실은 사람의 마음을 움직이는 놀라운 힘이 있다. 그래서 성실은 인생에서 가장 소중한 것 중의 하나이다.

현재 있는 곳에서 최선을 다하라

에드워드 보크는 겨우 12살 되던 해에 단신으로 고국 네덜란드를 떠나 미국으로 이민을 했다. 일찍 부모를 여읜 그는 할아버지 손에서 성장하여 홀로 미국으로 떠나지 않으면 안 될 형편이었다.

미국으로 떠나는 날 그의 할아버지는 혼자 떠나는 손자를 위해 간신히 마련한 1달러를 손에 쥐어 주면서 작별을 했다.

그때 할아버지는 홀로 낯선 미국 땅으로 떠나는 12살 된 손자를 붙잡고 이렇게 말했다.

"에드워드야, 너에게 부탁할 말이 있다. 네가 어디를 가든 또 무엇을 하든 네가 있는 곳에서 최선을 다하여 네가 있는 곳이 너로 말미암아 더 좋아지도록 해라. 이 말은 절대로 잊지 말고 명심해라."

어린 에드워드는 미국 보스턴에 상륙했을 때 주머니에는 할아버지가 주신 단 돈 1불이 쥐어져 있었다. 먹고 살기 위해서는 무엇이든지 해야만 했다. 그리하여 제일 먼저 한 것이 신문팔이었다. 그는 사람들의 왕래가 많은 길모퉁이에서 신문을 팔았다. 신문을 팔면서도 할아버지가 헤어질 때 "네가 있는 곳이 너로 하여금 더 좋은 곳이 되도록 하라."는 말씀을 잊지 않았다. 그리하여 시간이 나는 대로 길거리 청소를 하였다. 그렇게 매일같이 계속하자 주위가 깨끗해졌다. 그것을 안 주위 사람들이 에드워드를 칭찬하기 시작했다. 신문도 더 많이 팔리는 것은 물론이었다.

그 후 그곳 주민들의 도움으로 직장을 구해 일하다가 이곳저곳 직장을 옮기게 되었다. 그렇게 하는 과정에 에드워드는 출판사에 취직하게 되었다. 그러나 임시직으로 주로 하는 일은 출판사 사무실과 창고를 청소하고 책을 정리하는 일이었다. 그가 출판사에 취직된 후에도 할아버지께서 하신 말씀, "너로 하여금 주위가 더 좋아지도록 하라."는 것을 잊지 않고 실행하였다.

시간이 지나면서 출판사와 창고가 깨끗해지고 정리정돈이 잘 되어 있음으로 인해서 분위기가 일신되었다.

이러한 변화를 눈여겨 본 상사가 그를 정식 직원으로 채용하였다. 이후 그의 성실성과 능력을 인정받아 출판사 여러 직을 두루

거치면서 마침내 중역의 자리에까지 승진히였으며, 사장의 딸과 결혼하는 행운도 얻었다.

그 이후에도 그는 여전히 할아버지께서 하신 말씀을 잊지 않고 실행하여 마침내 미국 국민들로부터 존경받는 인물이 되었다.

성실이란 자신이 처한 위치에서 최선을 다하여 있는 곳이 자신으로 하여금 더 좋은 직장, 더 좋은 가정, 더 좋은 세상으로 만들어 가는 것이다. 성실하게 살아갈 때 주위와 사회가, 그리고 세상이 좀더 살기 좋은 곳으로 바뀌는 것이다. 그러므로 성실이 인생에서 가장 소중한 것 중의 하나이다.

정성

위대한 예술가인 미켈란젤로가 시스티나 성당의 천장에 프레스코화를 그리고 있을 때이다.

천장에 거의 닿을 듯한 높은 사다리에 올라가 조심스럽게 천장 구석에 그림을 마무리하고 있었다.

그 때 한 친구가 그에게 다가와서 말했다.

"그렇게 높은 천장에 그리는 그림인데 누가 알아본다고 그토록 정성을 들일 필요가 있는가? 다른 사람의 눈에는 제대로 보이지도 않을 텐데 말이야. 그렇게 힘들게 열심히 한다고 그림이 잘 그려졌는지 어느 누가 알아준단 말인가?"

그러자 미켈란젤로가 그 친구에게 진지한 표정으로 이렇게 대답했다.

"내가 알잖아."

꽃이 비바람을 견디고 오랫동안 햇볕에 몸을 내놓는 정성 끝에 굵고 탐스러운 열매를 맺듯이 사람의 일도 얼마만큼 오랫동안 참고 견디며 얼마나 정성껏 준비했느냐가 무엇보다도 중요하다.

현재 일에 충실하라

　자기 처지를 비관하는 한 젊은 택시기사가 있었다. 그의 꿈은 사업을 하여 돈을 많이 버는 것이었다. 그러나 가난한 현실로 그의 꿈을 접고 택시기사를 하고 있었다.

　어느 날 손님 한 분이 탔다. 스님 같기도 하고 신부 같기도 한 그 손님은 점잖아 보였다.

　"수도하시는 분인가요?"

　"네. 저는 조그마한 선사(禪寺)를 운영하고 있습니다."

　손님이 웃으면서 대답하자 택시기사는 자신의 답답한 현실을 토로했다.

　"부럽군요. 저도 당신처럼 이상을 갖고 있습니다."

　그러자 손님이 말했다.

"그렇다면 운전대를 놓으시지요."

젊은 기사는 난감한 표정을 지었다.

"만약 내가 운전대를 놓으면 당신 같은 손님들이 불편을 겪을 텐데요."

"그러면 운전대를 다른 사람에게 넘기시지요."

젊은 기사는 더욱 난감했다.

"하지만 제가 운전대를 놓으면 늙으신 부모님을 누가 모십니까? 그런 불효를 생각하면 차마 운전대를 놓을 수가 없습니다."

어느 덧 택시가 목적지에 닿았다. 손님은 값을 치르고 택시에서 내리며 택시기사를 향해서 말했다.

"그렇다면 절대로 운전대를 놓지 마십시오. 그리고 자신의 삶에 대해서 불평을 하지 마십시오."

당신이 힘들고 어려우면 하늘을 보라. 이제까지 당신은 몰랐어도 파란 하늘에서 뿌려주는 파란 희망들이 당신의 가슴속에 한 겹 또 한 겹 쌓여서 넉넉히 이길 힘을 만들고 있다.

최선을 다 했어요

미국의 어느 교회에서 한 목사가 어린이 성경반에서 아이들에게 성경 마태복음 5장과 6장을 읽어 주었다. 그 아이들은 약 10여 명 되었다. 성경 마태복음 5장과 6장은 내용이 어린이들에게는 이해하기가 좀 어려웠다. 목사는 아이들에게 5장과 6장을 다 외우는 아이에게 시애틀의 최고 레스토랑에서 저녁 만찬을 베풀어주겠다고 했다. 그 당시 아이들에게는 그 최고의 레스토랑에서 저녁식사를 해보는 것이 꿈 같은 이야기로 모든 아이들이 바라고 있는 것이었다. 그런데 어떤 아이들은 어렵다고, 또 양이 너무 많아서 외우기를 시도조차 하지 않았다. 마음먹고 외우다가 중도에 포기하는 아이들도 있었다.

그런데 며칠 후 11살 된 한 아이가 목사를 찾아와서 마태복음 5

장과 6장을 다 외웠다고 하였다. 목사가 외워보라고 하자 목사 앞에

서서 성경 마태복음 5장과 6장을 토씨 하나 틀리지 않으며 다 외웠

다. 목사가 감탄하여 그 아이에게 무슨 비결이라도 있는지 의아하여

어떻게 외웠느냐고 물었다. 그러자 11살짜리 소년이 대답했다.

"네, 최선을 다했어요."

16년 후 그 소년은 세계적으로 최고의 갑부가 되었으며, 최고로

유명한 사람이 되었다. 그가 바로 마이크로소프트사의 빌 게이츠이다.

최선을 다하지도 않을 뿐더러 노력하지도 않으면서 평범하게 머문 데에 만족
하고 있다면 어떤 변명도 소용없다. 타고난 재능과 후천적인 노력을 함께 키울
때 사람은 비로소 성장할 수 있는 것이다. 발타자르 그라시안의 말이다.

최선을 다하라

하버드 대학의 한 교수가 학생들에게 냈던 과제물을 약속된 날 걷었다. 다음날 교수는 학생들에게 과제물을 돌려주었다. 그 과제물 밑에는 "이것이 최선을 다한 결과인가?"라는 글이 적혀 있었다. 학생들은 그렇지 않다고 생각했다. 그래서 그들은 과제를 다시 작성했다.

학생들은 처음부터 완전히 다시 작성한 과제물들을 교수에게 제출하였다. 교수의 반응은 똑같았다. 과제물에는 여전히 "이것이 최선을 다한 결과인가?"라는 글이 적혀 있었다. 학생들은 이번에도 그렇지 않다고 생각했다. 학생들은 과제물을 해결하기 위해 도서관으로 몰려갔다.

그런 과정은 그 이후로도 열 차례나 계속되었다. 교수는 학생들에게 똑같은 질문을 했다. "여러분이 최선을 다한 결과가 이것입니까?"

열 번 이상의 과제물을 작성한 학생들이 자신 있게 대답했다.

"그렇습니다. 우리가 최선을 다한 결과는 바로 그것입니다."

그 때 교수는 학생들을 바라보고 환하게 웃었다.

"좋습니다. 그럼 이제 읽어 보겠습니다."

일을 잘 하는 사람. 그 일에 주인의식을 가진 사람은 가장 하기 싫은 일부터 해 버린다. 그런 다음 홀가분하게 다른 일을 처리하면 일하는 보람도 커지면서 일의 능률도 오르게 된다.

과거는 과거일 뿐

과거의 일이나 행동

어떠한 상황에 대해 후회를 해도

변하는 것은 아무것도 없습니다.

왜냐하면

과거는 단지 우리의 기억 속에

존재할 뿐이기 때문입니다.

과거는 이미 지나간 일임을

돌이킬 수 없는 일임을 인정해야 합니다.

그래야만 비로소

마음의 평온을 얻을 수 있습니다.

Part 8

용기는 이 세상을 이기는 힘이다

절망을 뛰어넘을 수 있는 용기

게오르크 프리드리히 헨델은 지난 40년 동안 영국과 유럽에서 최고의 명성을 떨치던 작곡가였다.

새로운 곡이 발표될 때마다 모든 사람들이 그에게 아낌없는 갈채를 보냈으며, 명문 귀족들은 서로 후원해주겠다고 하였으며 온갖 명예를 가져다주었다.

그러나 영광의 순간은 오래 가지 않는 법. 경쟁자들의 질투로 그의 곡이 연주되는 극장에 깡패들을 보내어 싸움을 하게 하고 온갖 나쁜 짓을 다해 점차 관객들이 줄어들면서 마침내 하루의 끼니를 걱정해야 하는 처지가 되었다.

게다가 뇌출혈로 오른쪽 반신을 쓰지 못하는 불구의 몸이 되어 의사들로부터 가망이 없다는 이야기까지 들었다.

그러나 헨델은 절망하지 않고 독일에서 알아주는 온천장을 찾아가서 하루 9시간 이상 물 속에 담그는 운동으로 희망이 없던 몸이 다시 살아나기 시작했다.

몸이 회복되자 다시 창작을 시작하여 4편의 오페라 곡을 작곡하여 사람들로부터 다시 갈채를 받았다.

그러나 그것도 잠시, 그를 후원하던 캐롤라인 여왕이 작고하자 수입이 줄어들어 생계를 다시 위협받기 시작했다.

그 때 60고개를 바라보는 나이로 이제는 더 이상 희망이 없는 듯했다.

어느 날, 산책을 하고 집에 돌아와 보니 소포가 하나 와 있었다.

그 안에는 시인인 찰스 제넨스가 보낸 노래 가사가 들어 있었다.

헨델은 처음에는 그 가사를 무시하였으나 차츰 읽어 가는 도중에 뭔가 떠오르는 것이 있었다.

온몸에 전율을 느꼈으며, 머릿속에는 아름다운 멜로디가 연속해서 떠올라 그때부터 정신없이 작곡을 하였다. 그리하여 식사도 잊은 채 악보를 그리기 시작했다. 그리고는 마침내 기진맥진한 상태로 쓰러져서 침대에 누웠다.

그의 책상 위에는 〈메시아〉의 악보가 놓여 있었다.

헨델은 〈메시아〉작곡을 통해서 온 세상을 밝히기 위하여 횃불에 불을 붙인 것이다.

절망적인 상황에서도 다시 일어서겠다는 용기가 있으면 다시 희망이 찾아온다. 이 때 희망은 절망의 크기와 비례하여 나타난다. 절망의 순간이 얼마나 혹독했으며 어떻게 극복했느냐 그 정도에 따라 희망의 크기도 다르게 나타난다.

개미로부터 배운 용기

티무르 제국을 세운 몽고의 정복자 티무르가 적에게 쫓기다가 어느 허물어져 가는 집에 숨어 있을 때의 일이다. 적들이 주위를 계속 돌아다니고 있어서 그는 혼자 숨어서 우두커니 몇 시간을 쭈그리고 앉아 있을 수밖에 없었다. 그의 머리 속에는 절망만이 가득차 있었다. 이제는 모든 것이 끝난 것만 같았다. 용기는 저 멀리 달아나고 말았다.

그런데 문득 주위에 작은 개미가 눈에 들어왔다. 하는 일도 없어서 개미가 하는 모습만 바라보고 있었다.

개미는 자기보다 몇 배나 큰 곡식 한 톨을 가지고 힘을 다해 담벼락을 올라가고 있었다. 개미는 몇 번이나 떨어지면서도 계속 올라가려고 안간힘을 쓰고 있었다. 개미는 결코 낙담하거나 실망하

지 않고 다시 도전했다. 그리고 드디어 담벼락 꼭대기에 올라가는
데 성공했다. 그 광경을 바라보던 티무르의 마음은 크게 고무되었
다. 그리하여 그때부터 그의 가슴속에는 적을 두려워하지 않는 용
기가 용솟음쳤다. 마침내 그는 티무르 제국을 세우고 전 세계를 정
복하는 데에 성공했다.

용기는 평상시에 나타나지 않는다. 또 모든 일이 순조로울 때는 용기가 필요
없다. 용기는 실패했을 때, 모든 일이 자신이 원하는 대로 이루어지지 않았을 때
필요하다. 용기는 절망적인 상황에서 그 빛을 발하는 것이다.

두려워하지 않는 용기가 필요하다

미국 건국 초기의 일이다. 미네소타 주와 위스콘신 주의 경계에 있는 미시시피 강 둑에 떠돌이 여인 한 사람이 나타났다.

때는 겨울이었고, 거대한 강의 표면은 얼음으로 덮여 있었다. 다리도 보이지 않았고, 이 고장을 처음 방문한 그녀는 당황하며 어쩔 줄을 몰랐다.

'과연 이 강을 건너갈 수 있을까? 얼음은 얼마나 두꺼울까? 내 몸 무게를 견뎌낼 수 있을까?'

얼음의 두께를 가늠할 수 없어서 강 앞에서 그녀는 망설였다. 그렇다고 다시 돌아갈 수는 없었다.

밤의 그림자가 이제 막 내리기 시작하여 어두워지고 있었다. 그녀에게는 강 건너 목적지에 가는 것이 무엇보다도 중요한 일이었다. 그녀는 어찌해야 할 바를 몰랐다. 그러나 고민하다가 강을 안전하게 건너갈 생각을 했다. 바로 엎드려서 두 손과 무릎으로 기어가는 것이었다.

그녀는 두려워 망설이다가 광활한 미시시피 강을 기어서 건너가는, 길고도 조심스러운 여행을 시작했다. 아무 탈 없이 건너편에 도착하기를 바라며 속으로 끊임없이 기도했다.

그렇게 하여 강을 반쯤 건넜을 때, 큰 노랫소리와 함께 여러 말이 내달리는 소리가 들려왔다. 이윽고, 한 남자가 탄 마차와 말들이 산더미 같은 석탄 바리를 끌고 뿌연 먼지를 일으키며 강 건너편에 나타났다. 마차꾼은 강변에 도착하자, 속도를 늦추지도 않고 곧바로 얼음 위로 내달리더니, 주위가 울리듯이 큰 소리로 노래를 부르며 건너가는 것이었다!

그 여인은 두 손과 무릎으로 기어가고 있는 자신이 갑자기 바보처럼 보였다. 그래서 아무 두려움없이 일어서서 먼 강을 걸어 남은 길을 갔다. 그 마차꾼의 말들은 벌써 저 멀리 사라지고 보이지 않았다.

우리들이 살아오면서 아무것도 아닌 일에 걱정하며 고민하는 일이 있다. 그때는 그것이 너무 중요했는데, 지나고 보면 하찮은 일로 고민을 했던 것이다. 언제나 문제를 미리 걱정하는 사람들이 있다. 그들은 결코 일어나지 않을 많은 슬픔을 즐기기 위해서이다. 조지 빌링스의 말이다.

절망을 느낄 때
더 큰 용기가 생긴다

1972년 남아메리카의 태평양 연안이 남북으로 이어진 안데스 산맥의 험준한 산중에 비행기가 추락되었다. 그 비행기에 탑승한 승객은 모두 45명인데 그 중에서 29명이 죽고 16명만이 72일 만에 극적으로 생존하여 귀가하였다.

하얀 눈으로 덮여 있는 안데스 산맥에서 악천후로 산을 알아보지 못한 여객기 기장은 산중턱을 들이받아 비행기가 두 동강이 났고, 비행기 안에 탑승해 있던 승무원과 승객들은 그야말로 아비규환이 되었다. 게다가 심한 눈보라는 두 동강난 비행기 동체를 덮어버려 부상자들은 속수무책으로 죽어 갔다.

비행기가 추락하자 얼마 동안 추락한 비행기를 찾는 구조 비행기가 공중을 맴돌고 있었으므로 구조의 실낱 같은 희망을 가질 수 있었다. 2주가 지난 후부터는 비행기가 모습을 보이지 않았다. 거기에다가 살을 에는 듯한 추위와 배고픔이 몰려왔다.

생존자들은 추위를 이기기 위해 죽은 자들의 옷을 벗겨 입었으며 허기를 채우기 위해 풀이나 나무껍질 등 닥치는 대로 먹었다.

고립무원의 극한 상황에서 수 주일을 보낸 그들은 라디오를 고쳐서 아직도 자신들을 구조하기 위해 비행기를 보낼 것을 기대하고 라디오를 틀었다. 그런데 너무나 절망적인 소식이었다. 자신들의 기대와는 달리 정부에서는 이미 사고 비행기 구조를 포기했다는 소식이었다. 그들은 추위와 허기를 참으며 견딜 수 있었던 것은 정부가 포기하지 않고 자신들을 구하러 올 것이라는 희망을 가지고 있었기 때문이다. 이제 그 희망마저 사라져 버린 것이다. 완전히 절망 상태에 놓인 것이다. 어디에도 희망이라고는 찾아볼 수 없었다.

그 소식을 처음 들었을 때 모두가 절망하고 좌절감을 느껴 우왕좌왕했다. 어떻게 해야 할지 몰랐다.

이때 한 사람이 용기를 내어 소리쳤다.

"이리 죽으나 저리 죽으나 마찬가지입니다. 이왕 죽을 바에야 여기서 앉아 죽지 말고 내려갑시다."

희망을 버리지 말고 할 수 있는 것을 해보자는 것이었다. 산을 내려가서 끝까지 길을 찾아보자는 것이었다.

실로 최악의 상황에서 절망만 하지 말고 용기를 가지고 끝까지 할 수 있는 길을 찾아보자는 것이었다. 그들은 그의 말에 용기를 얻어서 하산하기 시작하였다. 험준한 산골짜기를 헤쳐 나오기를 며칠째 하다가 마침내 극적으로 구조되어 살아남았다. 비행기가 추락한 지 72일 만이었다.

극한적으로 절망적인 상황에서도 오히려 용기를 발휘하여 희망을 향해 최선을 다하라는 것이다. 희망은 우리에게 온갖 어려움과 고난을 극복하게 한다. 그러나 무엇보다도 중요한 것은 그런 희망을 향하여 나아가는 용기이다. 아무리 좋은 희망이 있어도 용기가 없어서 그 희망을 바라보고 나아가지 못하면 소용이 없다. 두려워하지 않는 용기가 있을 때 절망을 희망으로 바꿀 수 있다.

"안 된다"라고 말할 수 있는 용기

비극은 이탈리아의 국경을 맞대고 있는 남부 프랑스 지역의 한 작은 마을 모단에서 시작되었다.

1917년 12월 17일 처음으로 전선에 배치된 1,200명의 프랑스 군인들이 크리스마스 휴가를 보내기 위하여 고향으로 가는 열차에 승차하고 있었다. 때마침 그 지역의 축제 기간이라 여기저기서 즐거운 소리가 들리고, 열차에 터져 나갈 듯이 가득 올라탄 병사들은 기차를 어서 출발시키라고 소리치고 있었다.

그러나 기관사는 열차를 출발시키려고 하지 않고, 기관실에 오르지도 않고 승강장에 가서 출발시키지 못하겠다고 고개를 흔들고 있었다. 기차에 너무 많은 병사들이 탔기 때문이다. 목적지까지 가는 도중에 많은 급커브, 가파른 오르막길이 있는데 이렇게 많은 사람들을 태우고 가는 것은 자살 행위나 마찬가지였다.

기관사가 말을 듣지 않자 몇 사람은 그 역에서 높은 사람들과 사령관을 데리고 왔다.

"이게 무슨 말인가? 기차를 못 움직이겠다니?"

높은 지위에 있는 사람이 소리쳤다.

"어이, 기관사. 내 말 잘 들어! 곧바로 기관차로 올라가서 이 병사들을 고향으로 데려가게. 만일 이 명령을 거부하면 자네는 총살이야. 알겠나?"

풀이 죽은 기관사는 걱정이 됐지만 어깨를 한 번 으쓱해 보이고는 명령을 따랐다. 기관사는 과적된 기차가 브레이크에 무리를 줄 것이라는 것을 알고 있었다. 그러나 "안 됩니다."라는 말을 하지 못하고 명령에 따랐다.

기관사는 조심스럽게 천천히 기차를 몰기 시작했다. 기차는 서서히 레일 위를 달리기 시작했다. 기관사는 속력을 낮추며 브레이크로 계속해서 속도를 조절했다. 그러나 50마일도 채 못 가서 브레이크에서 연기가 나오기 시작했다. '다음 내리막에서 브레이크가 작동하기 힘들 것 같아.' 라고 기관사는 생각했다. 기차가 갑자기 속력을 내기 시작하더니 아주 미친 듯이 달리기 시작했다. 깜짝 놀란 기관사는 증기공급을 중단시키고 브레이크를 밟았다. 그러나 예상했던 대로 브레이크가 말을 듣지 않았다.

엎친 데 덮친 격으로 기차 밑에서 연기가 오르기 시작했다. 기차 안은 순식간에 아수라장이 되어 버린 것이다. 군인들은 무언가 일이 잘못되어 가는 것을 느꼈다. 어떤 이는 창문을 깨고 뛰어내리다가 그만 죽고 말았다. 몇 분이 지나지 않아 그 기차는 시속 80마일을 넘기기 시작했다. 이제 모두 끝장이 난 것이다.

미친 듯이 달려가는 기차는 날카로운 기적 소리를 내며 한 마을 역을 지났다. 그 역을 지나면 내리막길이 기다리고 있었고, 그리고 급커브가 그들을 기다리고 있었다. 결국 기차는 언덕 아래로 굴러 떨어지고 말았다. 이 사고로 인해 병사 55명이 죽고, 563명이 부상을 당했다.

자신은 '정말 이건 아닌데.' 하고 생각하고 있는데도 불구하고 주변에서 강요할 때 자신의 생각대로 "안 됩니다. 못하겠습니다."라고 말하는 용기는 그 어떤 용기보다 값비싼 용기이다. 왜냐하면 이렇게 "노오"라고 말했을 때 자신에게 여러 가지 좋지 않은 일이 일어나기 때문이다. 그러나 정도가 아니면 '노오'라고 말할 수 있어야만 한다.

준비한 삶

여러 해 전에 '모르스 부호' 통신사에 취직을 원하는 한 젊은이가 있었다. 그는 한 지방신문에 난 모집 광고를 보고 그 회사를 찾아갔다. 도착해 보니 그 회사는 어디선가 신호가 오고, 연락하는 소리가 끊임없이 들려오는 등 분주하고 활기가 넘치는 회사였다.

사무실 안으로 들어가자 그 회사에 취직하려고 면접을 보러 온 많은 사람들이 대기실에서 호출할 때까지 기다리고 있었다. 열두 명의 지원자가 앉아서 호출을 기다리고 있었다. 이 광경을 보고 이 젊은이는 낙심했지만 손해 볼 것 없다는 생각으로 다른 지원자들과 함께 호출을 기다리고 있었다.

그렇게 2, 3분이 지났을 때, 이 젊은이는 갑자기 게시판이 걸려 있는 문으로 다가가 곧바로 면접을 보고 있는 사무실로 들어갔다. 점잖을 빼고 앉아 있던 12명의 지원자들은 서로 얼굴을 마주보고 쑥덕거렸다. 5분 정도 지났을 때 그 젊은이는 문을 열고 나타났다. 이번에는 사장과 함께였다.

사장은 다른 열두 명의 지원자들을 보고 말했다.

"여러분, 죄송하지만 모두들 돌아가십시오. 저희 회사에 관심을 가지고 지원해주셔서 감사합니다. 그 일자리는 이 젊은이가 맡게 되었습니다."

이렇게 말하자 나머지 열두 명이 투덜거렸다. 그러자 그 중에 한 젊은이가 일어서더니 큰소리로 말했다.

"사장님, 이해할 수 없습니다. 그는 맨 나중에 들어왔고, 우리들은 면접조차 보지 않았습니다. 그런데 그가 그 일자리를 맡게 되었다니 그것이 과연 말이 됩니까?"

그러자 사장이 말했다.

"미안합니다. 하지만 여러분이 여기 앉아서 대기하고 있는 동안 나는 계속해서 모르스 부호의 메시지를 보내고 있었습니다. 그 내용은 '이 모르스 부호를 이해한다면 지금 곧 들어오십시오. 이 일자리는 당신의 것입니다.'라는 내용이었습니다. 하지만 여러분 가운데 아무도 그 메시지를 알아듣지 못했습니다. 그런데 이 젊은이가 알아차린 것이지요. 그래서 이 일자리는 이 사람의 것이 된 것입니다."

평소에 준비한다는 것은 어렵다. 어떤 일이 닥칠지 예상할 수 없기 때문에 준비하는 것이 어렵다. 그러나 유비무환의 자세로 매일 준비하는 삶은 기회를 잡을 수 있다. 그리하여 값있는 인생을 살 수 있는 것이다.

죽는 일처럼 쉬운 것은 없다

  2차 대전 당시의 일이다. 히틀러는 나치를 동원하여 유대인을 무차별 학살하였다.

  그 유명한 아우슈비츠 수용소에 젊고 유능한 한 유대인 외과의사가 수감되어 있었다.

  그는 가스실로 향해 죽음의 행진을 하는 동족들을 보면서 머지않아 자신도 가스실로 끌려가서 비참하게 죽을 것을 알고 있었다. 그곳에서 하루하루 살아남는 것이 그야말로 기적이었다.

  어느 날 그는 수용소 뜰에서 노동을 하다가 흙속에서 유리 조각을 발견했다. 그는 그것을 바지주머니에 숨겨서 들어와서는 그날부터 매일 유리병 조각으로 면도를 했다.

  수용소 감방에 수용되어 있는 다른 유대인들이 차츰 희망을 버리고 죽음을 기다리며 두려움에 떨고 있을 때 그는 혼자 독백처럼 이렇게 중얼거렸다.

"희망을 버리지 않는 한 언젠가는 좋은 날이 올 것이다."

그는 죽음의 극한 상황속에서도 아침저녁 두 번씩 면도를 했다. 오후가 되면 나치들이 문을 열고 들어와 유대인들을 일렬로 세우고 그 날 처형할 유대인을 선택했다. 하지만 유리조각으로 피가 흐를 정도로 면도를 한 의사는 차마 가스실로 보내지 못했다.

왜냐하면 나치들은 면도로 깨끗해진 의사의 턱을 보고는 삶의 의지가 넘쳐 있고 쓸 만한 사람이라고 생각했기 때문이다.

그리하여 일찍 죽이기는 아깝다고 생각하여 가스실로 끌고 가지 않았던 것이다.

많은 동족들이 가스실로 끌려갈 때마다 그는 비망록에 이렇게 적었다.

"고통 속에서 죽음을 택하는 것은 가장 쉽고 나태한 방법이다. 죽음은 서두를 필요가 없다. 희망을 버리지 않는 사람은 반드시 구원을 받는다."

그 외과 의사는 결국 나치가 완전히 망할 때까지 살아남았다.

살아서 아우슈비츠 수용소를 떠날 때 이렇게 독백했다.

"가스실로 간 동족들은 한 번 죽음으로 끝났다. 그러나 나는
살아남기 위해서 매일 죽지 않으면 안 되었다."

극한 상황에서 그는 매일 죽음보다도 고통스러운 것을 택함으로써 생명을
유지할 수 있었던 것이다. 매일 죽음과 같은 고통을 택할 수 있는 용기로 그는
극한 상황에서 이겨낼 수 있었던 것이다. 인간은 극한 상황을 만나면 포기하고
절망하기 쉽다. 그러나 용기가 있는 사람은 좋은 일이 일어날 것이라는 희망을
버리지 않는다. 희망을 버리지 않을 때 희망대로 이루어지는 것이다.

자신을 희생시킬 줄 아는 용기

지금으로부터 160여 년 전 1852년 영국 해군이 자랑하는 수송선 '버큰헤이드 호'가 군인들과 그 가족을 태우고 남아프리카로 향하고 있었다. 그 배에 승선한 사람은 모두 650명으로 그 중에 130명이 부녀자였다.

버큰헤이드 호는 아프리카 남쪽 케이프타운으로부터 약 65킬로미터 떨어진 곳에서 암초와 부딪쳤다. 당시 새벽 2시이며 모든 승객들은 잠을 자고 있었을 때였다.

배가 다시 암초와 부딪쳐 배는 완전히 두 동강이 나 버렸다. 선체의 앞부분은 완전히 물에 침몰되었고, 승객들은 가까스로 배 뒤쪽으로 피신했다.

설상가상으로 구조선이 3척밖에 없었으며, 1척 당 탑승할 수 있는 정원은 고작 60명에 지나지 않았다.

이 때 사령과 시드니 세튼 대령은 전 병사들에게 갑판 위에 집합하라는 명령을 내렸다. 수백 명의 병사들은 즉시 갑판 위에 집합하여 마치 사열하듯이 부동자세를 취한 다음 꼼짝도 하지 않고 그대로 서 있었다. 그 사이에 한쪽에서는 부녀자들을 구조선으로 옮기는 작업을 하고 있었다.

마지막 구명정이 배를 떠날 때까지 병사들은 갑판 위에서 꼼짝도 하지 않고 서 있었다. 배는 점점 가라앉기 시작했다.

구명정 위로 올라탄 부녀자들은 배와 함께 바다로 가라앉는 병사들의 모습을 보면서 눈물을 흘렸다.

마침내 버큰헤이드 호가 완전히 침몰되는 순간 갑판 위에 도열하고 서 있던 사병들의 모습도 서서히 물속으로 사라지고 보이지 않았다.

얼마 후 바다에서 나무판자를 발견한 몇 명의 병사들이 나무판자를 붙잡고 바다 위로 올라오는 모습이 보였다.

사령과 세튼 대령은 나무판자를 발견하고 그것을 붙잡고 얼마든지 버틸 수 있었으나 병사들에게 그 나무판자를 주어 그것을 붙잡고 바다 위로 올라가게 하고 자신은 수장되어 죽고 말았다.

자신이 살려고 하지 않고 자신 대신 사병 두 사람을 살리게 한 것이다. 자신의 목숨을 희생시켜 사병들을 구한 것이다.

자신이 살 수 있음에도 불구하고 자신을 희생시켜 병사들을 구한 세튼 사령관의 용기는 영국은 물론 전 세계 사람들에게 많은 감동을 주었다. 그때 세튼 사령관의 용기로 인해서 그때부터 '어린이와 여자가 먼저'라는 전통이 생기게 된 것이다. 용기 중에서도 가장 소중한 용기는 남을 살리기 위해서 자신을 희생시키는 용기이다.

'두려움'이라고 하는 적을 극복하라

공자와 제자 중의 한 사람인 안자가 하루는 배를 타게 되었다. 그 배의 사공은 그야말로 귀신처럼 배를 젓고 있었다.

안자가 물었다.

"노 젓는 법을 배울 수 있는가?"

사공이 대답했다.

"물론입니다. 수영을 잘 하는 사람은 연습만 하면 곧 배울 수가 있고, 잠수에 능한 사람도 배를 본 적이 없더라도 바로 노를 저을 수가 있습니다."

안자가 사공의 말을 못 알아듣자 옆에 있던 공자가 말했다.

"수영을 잘 하는 사람은 물에 빠지는 것이 두렵지 않기 때문에 노 젓는 일에만 열중할 수 있어서 배우기가 빠르고, 잠수에 능한 사람도 배가 뒤집히더라도 당황하지 않기 때문에 노 젓는 법을 빨리 배울 수가 있다는 뜻이네."

우리를 가로막는 큰 적은 다름 아닌 '두려움'이다. 따라서 두려움을 극복하는 사람이야말로 용기가 있고, 무슨 일이나 도전할 수 있는 사람이다.

"안 된다고 말하는 사람이 없었어요."

어느 겨울날, 두 시골 소년이 호수로 스케이트를 타러 갔다. 한 아이가 호수 안쪽으로 가다가 얼음이 깨져 물에 빠졌다. 나이도 어리고 덩치도 작은 또 다른 아이는 친구가 얼음물에 빠져서 허우적거리는 것을 보고 작은 손으로 얼음을 깨려고 아무리 노력해도 얼음이 깨지지 않았다.

그러자 아이는 호수 기슭에 버려진 큰 나뭇가지를 보고 달려가, 자신의 친구가 빠진 곳까지 끌고 가서는 머리 위로 번쩍 들어올려 내던졌다. 그러자 놀랍게도 얼음에 구멍이 나면서 친구가 숨을 쉴 수 있었다. 그는 마침내 얼음물에서 친구를 구해냈다.

며칠 후에 사람들은 조그마한 아이가 큰 나뭇가지를 던져 자기보다 덩치가 큰 친구를 얼음장 밑에서 건져냈다는 말을 듣고 놀라서 아이에게 물었다.

"네 몸에서 어떻게 그런 힘이 났니?"

그러자 그 아이는 말했다.

"그 때 거기에는 안 된다고 말하는 사람이 없었어요."

새로운 일을 하려고 하거나 도전하려고 하면 주위에서 보통 "그거 안 돼!" "당신은 불가능해!" 하고 부정적으로 말하는 사람들이 있다. 보통 사람들은 이런 말에 귀를 기울인다. 그러나 용기가 있고 성공하는 사람은 그런 부정적인 말에 귀를 기울이지 않고 도전하여 성공을 거둔다.

목표를 향해 달려가는 길을 막지 못한다

이 사건은 독일 뮌헨 올림픽에서의 1만m 육상경기가 진행되는 가운데 일어났다. 이 경기에 핀란드에서 온 라세 바렌이라는 남자 선수가 참가했다. 그는 무명 선수였으므로 사람들은 그 경기에 그가 참가한 사실조차 모르고 있었다. 그는 세계 랭킹 15위에도 들지 않는 그야말로 무명선수에 지나지 않았기 때문이다. 그러나 그는 올림픽을 위하여 그 누구보다도 열심히 훈련해 왔고 경기에 자신도 있었다.

그날 육상 경기가 열리는 메인스타디움에는 8만5천 명이 넘는 관중들로 가득찼다. 이윽고 출발신호를 알리는 총성이 울리자 75명의 선수들이 경주로 25바퀴를 돌기 위하여 출발했다.

라세 바렌은 오늘 가장 멋진 경기를 하고 싶었다. 뮌헨 올림픽은 그에게 있어 생애 가장 큰 기회였다. 그런데 2바퀴 반 정도 돌았을 때, 우승후보자인 선수가 다른 선수의 팔에 치어서 경주로 밖으로 나가떨어졌다. 안타깝게도 이 선수는 그 자리에서 의식을 잃고 말았다. 그런데 이 선수가 쓰러질 때 머리로 바렌의 뒤꿈치를 건드려서 바렌도 그만 쓰러지고 말았다.

10년이 넘게 훈련해 왔는데, 일생일대의 중대한 경기에서 불의의 사고를 당하는 순간이었다.

그러나 바렌은 벌떡 일어나 남은 경기를 위하여 힘차게 달렸다. 이윽고 관중들은 한 편의 드라마가 자신들 앞에 펼쳐지는 것을 보고 기립하여 박수를 치면서 소리 질러 응원을 했다. 관중들은 눈으로 실제 경기를 보고 있으면서도 도저히 믿을 수가 없었다. 바렌은 계속 달렸다. 그는 꼴지를 제치고 선두를 따라잡고 제쳐서 1만m 경주 신기록을 세우면서 결승선을 첫 번째로 통과했다.

불평을 말하면 한이 없다. 세상에는 훼방꾼도 있고, 원수도 있지만, 어떠한 경우라도 유쾌하고 화평한 기분을 잃지 않고 나아간다면 반드시 목표를 이루게 된다. 언제나 당신의 목표에 충실하라. 묵묵히 한 길로 꾸준히 나아가라. 모리스 마테를 링크의 말이다.

격려의 말 한마디만 있었으면

어느 날 유명한 화가의 화실에 한 노인이 찾아왔다.

"어떻게 오셨습니까?"

"선생님께 제 작품을 보여 드리고 싶어서 이렇게 찾아왔습니다. 한 번 보시고 평을 해주십시오."

"그래요. 그럼 한 번 보지요."

노인은 자신이 가져온 그림 하나를 먼저 화가에게 보여주었다. 화가는 한참 보더니 말했다.

"솔직하게 말씀드려서 이것은 작품이라고 할 수 없습니다."

그러자 노인은 다른 작품 하나를 보여주었다.

"이것은 어떻습니까?"

그림을 한참 동안 바라보고 감상하던 화가는 놀란 표정으로 말했다.

"참 대단한 그림입니다. 이 그림은 누가 그린 것입니까? 놀라운 재능이 있는 사람이 그린 그림입니다. 이 그림을 그린 사람을 한번 만나보고 싶습니다."

그러자 노인은 머리를 긁적거리며 말했다.

"그 그림 역시 제가 그린 그림입니다. 지금부터 50년 전에 그린 그림입니다. 당시 선생님처럼 누가 격려나 칭찬을 해주었으면 용기를 내어 화가의 길에 도전했을 텐데……. 참 아쉽습니다."

진정으로 가슴 뛰는 일을 하고 있다면 모든 것이 우리에게 주어질 것이다. 우주는 무의미한 일을 창조하지 않기 때문이다. 우리가 가슴 뛰는 삶을 살 때 우주도 도와줄 것이다. 따라서 먼저 가슴 뛰는 일을 찾아서 하는 것이 중요하다.

오직 현재 속에서만 존재하라

과거의 일 때문에 마음 아파하고

또 미래에 닥쳐올 일에 대한 걱정으로 괴로울 때

생활이란 오직 현재 속에서만 존재한다는 것을 생각하라.

당신이 현재 생활에 전력을 기울일 때

과거의 괴로움과 미래의 불안은 모두 사라져 버릴 것이다.

그리하여 마침내 자유를 맛보며

온전한 기쁨을 누리게 될 것이다.

-톨스토이-

Part 9

생에서 소중한 것을 모르는 불쌍한 사람들

부(富)만 쫓다가 인생을 망치다

　　1923년 시카고의 에지워터 비치 호텔에서 호화로운 사교모임이 열렸다. 당시 미국 경제를 주름잡던 젊은 갑부들 아홉 명이 사교클럽을 만들어서 서로의 성공을 축하하는 모임이었다. 이들은 서로의 후견인이 되어 서로를 보장하는 관계를 맺었다. 만일 한 사람이 어려움을 당하면 남은 사람들이 힘을 모아 돕는다면, 이들의 힘은 무너질 수 없다고 생각했다. 그리고 이들은 정기적으로 모여 자신들의 부를 누리기 위한 호화로운 파티를 열고 방탕한 인생을 즐겼다.

　　이들의 첫 모임 이후 25년이 지난 뒤, 한 작가가 이들이 성공과 부를 어떻게 유지하고 있는지를 알기 위해 이들의 삶을 추적했다.

　　당시 거대한 증권 사장이었던 리처드 위트너는 교도소에 수감되어 있던 중에 사망하였고, 철강회사 사장이었던 찰스 슈워드는 그 많은 재산이 파산을 당하자 화병으로 죽었고, 가스 회사 사장이던 하워드 홈스는 정신병원에 수감되었다가 우울한 최후를 맞이했다. 밀 도매상을 하던 아서 카터는 거리에서 변사체로 발견되었으며, 장관출신인 엘보트 월과 사업가 사무엘 인셀은 범죄자로 지목되어 도망 다니다가 사망하였다. 그리고 나머지 세 사람 모두 자살한 것으로 확인되었다.

그들은 인생 후반부에 주위 사람들로부터 불쌍한 사람이라는 낙인이 찍힌 삶을 살다가 생을 마감한 것이다.

이들에게 공통점은 인생에서 참으로 소중한 것이 무엇인지 몰랐던 것이다. 그들에게는 돈이 전부이고, 부가 가장 소중한 것인 줄 알고 부만 쫓다가 인생의 비참한 종말을 맞이한 것이다. 그들은 돈만 알았고, 부(富)만 쫓아다녔던 것이다. 그들은 사랑도 몰랐고, 사랑할 줄도, 사랑받을 줄도 몰랐다. 그들에게는 인생에서 정말로 가장 소중한 것이 무엇인지 몰랐기에 가장 귀하고 소중한 것들을 소홀하게 취급하고 살다가 인생을 망친 것이다.

진수성찬의 유혹으로 인생을 망치다

14세기 벨기에에서 일어난 일이다. 당시 레이몬드 3세가 왕이 되어 나라를 통치하고 있었다. 그런데 그 왕은 백성들의 삶 따위는 아랑곳하지 않고 먹고 노는 것만 좋아해서 매일 신하들을 초대해서 진수성찬을 벌이고 유흥에만 빠져 있었다. 왕으로서의 의무는 조금도 생각하지 않았으며, 백성들의 형편이나 국가의 위신 따위는 안중에 도 없었다.

백성들의 원성이 높아지자 이를 참다 못한 그의 동생이 반란을 일으켰다. 그러나 동생은 권력에 눈이 어두워 형인 왕을 몰아낸 것이 아니었다.

반란에 성공한 동생은 형을 죽이지 않고 감옥에 가두었다. 그리고는 감옥의 출입문을 좁게 만들었다. 그렇지만 보통 사람의 체형으로는 충분히 빠져 나올 수 있는 정도의 문이었다.

동생은 감옥에 갇힌 형을 찾아가서 말했다.

"형님, 만일 형님이 음식을 절제하여 살을 빼서 이 문으로 나올 수 있다면 나는 다시 형에게 왕의 자리를 돌려주겠습니다."

그리고는 형을 시험하기 위해 매일 진수성찬을 차려서 감옥 안으로 보냈다.

레이몬드 3세는 자신이 다시 왕이 될 수 있다는 말을 듣고도 매일 들어오는 진수성찬의 유혹을 이기지 못하고 배가 나오고 더욱 몸이 비둔해져서 결국 작은 감옥에서 음식과 함께 생을 마감하고 말았다.

비록 왕이었지만 혀를 달콤하게 하고 배를 부르게 하는 맛있는 음식 진수성찬의 유혹을 뿌리치지 못하여 왕의 높은 자리를 마다하고 불쌍한 인생으로 마감했다. 그는 그의 인생에서 가장 소중한 것이 무엇인지 알지 못했고, 오직 흥청망청 먹고 노는 것만 알았을 뿐이다. 그 결과 왕의 높은 자리를 앞에 두고도 좁은 감옥에서 쓸쓸하게 생을 마감했다. 참으로 불쌍한 인생이다.

'진실'의 친구 '위선'

'진실'과 '위선'이 우연히 길에서 만났다.

"안녕하세요? 요즈음 어떻게 지냅니까?"

"좋지 않습니다."

진실이 대답을 했다.

"좋지 않은 정도가 아닌 것 같습니다."

이 말에 진실은 한숨을 쉬며 말했다.

"요즈음 살기가 참 어렵습니다. 아무도 나를 반가워하지를 않아요."

위선이 진실이 입은 넝마 같은 옷을 보고 말했다.

"옷 살 돈도 없으신 모양이구요."

"예, 이 옷이 마지막 남은 옷입니다. 어디를 가도 잘난 척만 한다고 놀리는 바람에 정말 이렇게 살아야 할지 의문입니다."

"그럼 제가 부유하게 사는 비결을 가르쳐 드리겠습니다. 그대로 하시겠습니까?"

진실은 그렇게 하겠다고 약속하고 위선을 따라갔다.

둘은 한 매장에 들어갔다. 위선이 진실을 보고 옷을 몇 가지 고르라고 하더니 직원에게 잠시 후에 올 테니 그 옷을 포장하라고 말하고 어딘가로 가 버렸다.

위선은 진실을 밖으로 잠시 데리고 갔다가 다시 매장으로 가서 포장해 놓은 옷을 달라고 하였다. 직원이 포장된 옷을 준 후에 옷값을 달라고 하자 위선은 아까 주지 않았느냐고 소리쳤다. 진실은 아무 말도 못하고 그 옆에 서 있기만 했다.

위선은 계산대를 주먹으로 내리치면서 지배인을 부르라고 하였다.

지배인은 달려와서 물었다.

"왜 그러십니까?"

그러자 위선이 큰 소리로 말했다.

"내가 한 시간 전에 직원에게 옷값을 주고 잠시 나갔다 왔는데 우리에게 돈을 달라고 하니 이런 경우가 세상에 어디 있습니까?"

그러자 지배인은 그 점원을 불러 물어보자 그 점원은 한 푼도 받지 않았다고 하자 위선이 소리쳤다.

"뭐라고?"

매장 안에 있던 모든 사람들이 그들을 쳐다보았다. 그러자 지배인은 점원에게 두 번씩이나 받으려고 하느냐고 하면서 그 점원을 바로 해고했다.

점원은 매장을 나서면서 소리쳤다.

"진실이여! 도대체 당신은 어디 있습니까?"

진실은 그 순간 "나 여기 있소!" 하고 소리치고 나서고 싶었지만 위선에게 아무 말도 하지 않겠다는 약속을 했기 때문에 아무 말도 못하고 위선과 함께 옷 매장을 나왔다. 그리고는 위선에게 말했다.

"나는 당신처럼 부유하게 사느니 굶어 죽는 게 더 낫겠소."

진실은 위선과 헤어져 집으로 돌아왔다. 그러나 원망과 한탄으로 자신을 바라보던 매점 점원의 눈빛을 잊을 수가 없었다.

사람의 성품은 무한한 변화의 가능성을 가지고 있다. 그러므로 어떤 인격의 소유자를 친구로 만나는가에 따라서 성격과 개성이 달라진다. 사람은 비슷한 외모를 가지고 있다. 그런 사람을 구분 지어주는 것이 바로 인격이다. 모든 사람은 자기 고유한 인격을 가지고 있다. 훌륭한 인격의 소유자가 되기 위해서는 그런 인격을 가진 사람을 친구로 맞이해야 한다.

소중한 사람

잎새가 바람에 날리는 것을 봐도
애처로워하는 마음이라면
당신은 소중한 사람입니다.

담벼락에서 혼자 우는 아이를 보고
와락 껴안고 싶은 마음이 있다면
당신은 소중한 사람입니다.

힘겨워 지쳐 쓰러져 있을 때
다가와서 동행을 해준다면
당신은 소중한 사람입니다.

누구를 만나든 밝고 환한 목소리로
응대할 준비가 되어 있다면
당신은 소중한 사람입니다.

나쁜 길을 가는 친구를

실신을 시켜서라도 막아선다면

당신은 소중한 사람입니다.

아무 잘못도 없이 누명을 쓴 이를

아무도 돌아보지 않을 때 다가선다면

당신은 소중한 사람입니다.

모두가 안 된다고 할 때

"해봅시다."라고 말을 하는

당신은 소중한 사람입니다.

에필로그

삶에 위로와 용기를 주는 감동의 스토리

 인생은 무거운 짐을 지고 먼 길을 떠나는 여행과 같다고 했다. 아무리 생각해
도 이 말은 틀리지 않은 것 같다. 여행을 하다 보면 어려움과 고난에 부딪치기
마련이다.

 인생은 또한 높은 산 정상을 향해 올라가는 과정과도 같다고 했다. 그렇게 산
을 오르다 보면 바위와 나뭇가지 사이에 긁히고 찔려서 피가 나오고, 미끄러져
발목이 삐기도 한다. 그 때 나를 도와주고 힘이 되는 사람은 사랑하는 가족이
며, 가까운 친구이며, 또한 함께 동행하는 이웃이다. 이런 사람들은 심정이 넓
고 관대하여 이웃을 사랑하고 자신을 희생할 줄 아는, 따뜻한 마음의 소유자
들이다.

 우리가 먼 길로 여행을 떠나거나 높은 산 정상을 바라보고 올라갈 때 때로는
벼랑 끝에 선 듯 막막한 절망감이 휘감아오고, 절박감으로 숨이 가빠오기도
하지만 포기하거나 돌아서지 않는 것은 우리를 도와주고 힘이 되는 사람들이 있
기 때문이다. 이들은 자신을 희생시켜가며 힘들어하는 가족들이나 이웃을 도와
준다. 이런 사람들이 있기에 세상에는 희망이 넘치고 용기가 생겨서 힘차게 나아
갈 수 있는 것이다.

 이 책은 바로 이런 사람들의 이야기이다. 이런 사람들의 이야기를

통해 우리는 위로를 받고 험난한 세상을 힘차게 살아가게 된다.

 이런 사람들의 이야기를 통해서 우리는 인생에서 가장 소중한 것이 무엇인지 깨닫게 되고 그것을 찾아서 노력하기도 한다.

 또한 이런 사람들의 이야기를 통해서 마음이 한결 따뜻해지고 세상은 그래도 살 만한 곳이라는 생각을 하게 된다.

 저자는 미국에서 알아주는 논픽션 작가이다. 그래서 이야기들을 읽고서 모두가 잔잔한 감동을 받을 수 있도록 집필하였다.

 인간에게는 신으로부터 부여받은 임무가 있다고 하였다. 임무 중 특히 중요한 것은 남을 돕는 일로, 사람마다 남을 돕는 방법은 다르지만 모두 나로 인해서 다른 사람의 인생의 소중함을 깨닫는 것, 그것이야말로 가장 중요한 공동의 임무라고 했다. 이 이야기에 나오는 주인공들은 아무리 상황이 어렵더라도 모두 그런 임무를 다 수행한 사람들이다. 그런 사람들의 이야기이기에 더욱 감동을 주는 것이다. 이런 사람들은 참으로 아름다운 사람들이다. 이런 아름다운 이야기들을 읽다 보니 문득 시 한 구절이 생각난다. 다음에 소개하고자 한다. 독자들 모두 이 이야기를 통해서 가슴속에서 잔잔한 감동의 물결이 일어날 것으로 믿는다.

꽃보다 아름다운 것

아무리 아름다운 꽃도

열흘 붉게 피어 있기 어렵다고 합니다.

겉으로 드러난 아름다움은 그렇게

세월의 흐름 속에서 허망하게 사라지기 마련입니다.

그러나 아름다운 사람은 그렇지 않습니다.

아름다운 사람은

만나면 만날수록 보석처럼 빛납니다.

만나고 헤어진 뒤에도 오래도록 여운이 남습니다.

아름다운 사람이란 외모가 빼어나고

가진 것이 많은 사람을 얘기하는 것이 아닙니다.

고통은 슬기롭게 인내해 마음이 돌처럼 굳은 사람.

나보다 남을 먼저 배려하여 마음이 물처럼 맑은 사람.

남의 아픔을 감싸 안아주는 햇볕처럼 따뜻한 사람입니다.